RICHARD BACH

PIRPIR
(BİPLAN)

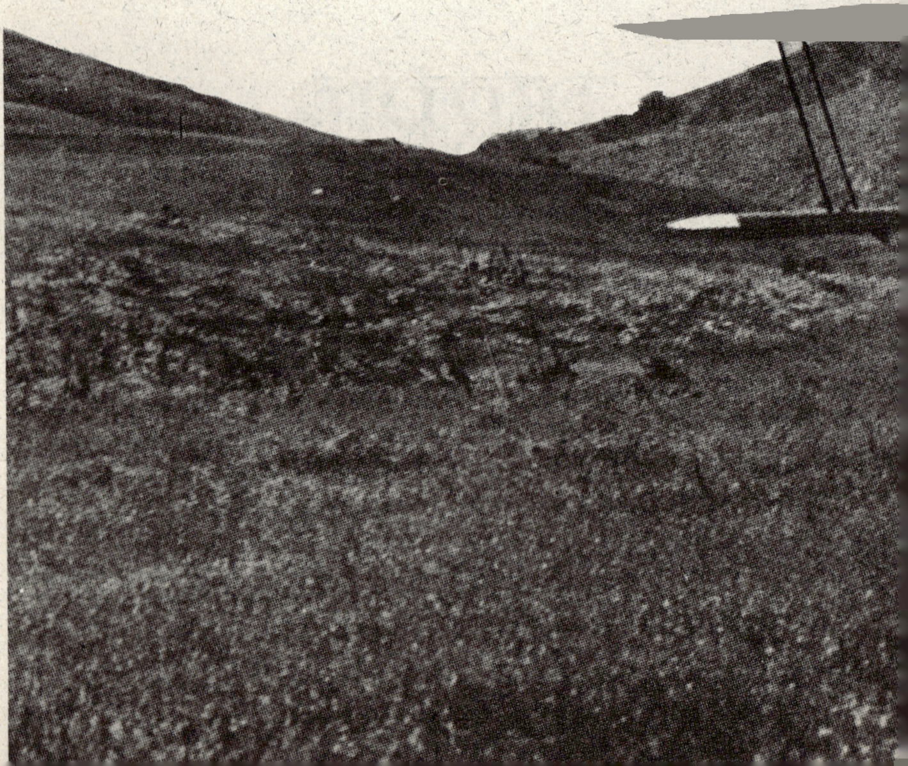

PIRPIR

(BİPLAN)

RICHARD BACH

Önsöz: *Ray Bradbury*
Çeviri: Belkıs (Çorakçı) Dişbudak

ARKADAŞ YAYINEVİ
ROMAN DİZİSİ: 12

1. Baskı 1991

ISBN 975 - 509 - 018 - 5

ARKADAŞ YAYINEVİ
Mithatpaşa Cad. 28 Yenişehir / ANKARA
Tel: 134 46 24 (4 hat)
Fax: 134 38 52

GENEL DAĞITIM

ANKARA: ADAŞ   Tel: 134 46 24 (4 hat)
                     Fax: 134 38 52

İSTANBUL: PAPİRUS   Tel: 527 01 53
                     Fax: 526 85 07

Dizgi   : Belkıs (Çorakçı) Dişbudak
Kapak   : Arkadaş Yayınevi
Montaj   : Arkadaş Yayınevi
Baskı   : Cantekin Matbaası
Özgün adı   : Biplane

SUNU

1929 AKŞAMININ GEÇ SAATLERİNDE
ARIZONA'NIN BİR BUĞDAY TARLASINA İNEN
BİPLAN'IN KANADI DİBİNDE KARŞILAŞTIĞIM
EŞİME

BACH'A GİRİŞ

Dick Bach'dan uçuş hakkında bir kitap yazmasını isteseniz, uğraşsa da yazamaz.
İşte bu söz güzel bir iltifat sayılır.
Eğer "uçuş" dediğimiz zaman bir el kitabından, teknik planlamalar ve uygulamalardan söz ediyorsak, yerden nasıl kalkılacağını, motorun nasıl onarılacağını, 1917 modeli piyano telli harp'ınızın nasıl akord edilebileceğini anlatmaya çalışıyorsak, daha bu kitabın birinci sayfasını okurken bile genç Bach'dan böyle bir şeyler çıkmayacağını anlarsınız.
Ama eğer amacımız bu değil de, bilgilerimize biraz hava aldırmak, Icarus'la uçup Mongolfier ile iniş yapmak, sonra Wright'larla yine yükseklere tırmanıp sevinçten kendimizden geçmekse, o zaman elbette ki kendimizi Dick Bach'ın o çiftlik çocuğu Tom Swift ellerine teslim etmemiz gerekir. Büyük büyük dedesi Johann Sebastian Bach'ın yaptığına nasıl "müzik yazmak" denemezse, onunkine de "uçmak" denemez ... **solumak** onlarınki.
Ben tarif yazarı değil, fikir yazarıyım. Ama Dick Bach'ı size tarif etmekten kendimi alamıyorum. Upuzun, köşeleri sivri bir adamdır. Kapınızdan girerken hafif eğiliyor gibidir. Güliver'in bir Liliput'lunun evine girişi gibi. Belki o sıra biçilmekte olan bir tarladan geliyordur. Olabilir de ... çünkü belki az önce pırpırını evinizin kuzey ucunun ilerisine mecburi iniş yaptırmıştır, oradan evinizin dost ışığına doğru yürürken de durup hasada biraz yardım etmiş olabilir.
İri yarı bir Amerika çocuğudur. Lokomotifler Kızılderilileri korkutup San Juan Teddy o kanalı tek başına açtığından bu yana, sanayi devriminin ışığında Amerika'nın her yanında görülen, bodrumlarda, tavanaralarında onarımlar yapan teknisyen tipine örnektir.

Dick Bach sizin elmalı turtayla, Lafayette Escadrille'le ilgili kulağınıza çalınabilecek bütün klişelerin toplamı gibidir, üstelik son zamanlarda ondan hiç beklemeyeceğiniz, İngiliz tipi sarı bir de bıyık bırakmıştır.

Hangi eski savaş kitabına baksanız, onun binlerce solmuş fotoğraftan masum yüzüyle size baktığını görürsünüz. Öylesine herkes gibidir ki ... hiç kimse gibi değildir. İki bin yıl önce de fotoğraf çekilebiliyor olsaydı, aynı güven dolu gülümsemeyi, aynı eğik duruşu, Sezar'ın ardında İngiltere'ye yürüyen grubun arasında da göreceğinizden hiç kuşkunuz olmasın.

Hiçbir zaman Daedalus değildi. Icarus da değildi Onların özellikleri daha başkaydı. Ama Bach, Daedalus'un çabalarını, Icarus'un başarısızlığını görmüş, bunlara tanık olmuş biriydi. Sonra da kendi yapmaya karar verdi. Ne olursa olsun. Yani onun zaman yolcusu pırpırı aşağı yukarı otuz yüzyıldan beri akuadüklerden geçiyor, kelebek kanatlarıyla Çinli mandarinleri şaşırtıyor, ya da ambarların damlarından üzerinde türlü tüylerle yuvarlanıp düşüyor. Bunlardan bazıları elbette ki bizim bugünkü Dick Bach'ımızdan daha çelimsizdi ... ama hepsinde yine, felâketlere baktığında **Ben Ebediyen Yaşayacağım** diyen o mehtap gülümseme vardı.

Onun için kaygılanıyoruz, onun için ağlıyoruz, ama sonunda tarihin bütün Richard Bach'larıyla birlikte gülüyoruz. Moby Dick'deki büyük Stubb gibi onlar da her şeye en güzel cevabın bir kahkaha olduğunu biliyorlar.

İşte size Dick Bach'ın öz kitabı. Uçuş hakkında değil ama göklere yükseliş hakkında ... makinelerin değil, hayal gücünün bir şöleni.

Büyük büyük dede müzik yazmış. Şimdi torunlardan biri de basit kelimeleri havalara kaldırıyor.

Belki çocuk pek dedesi kadar yükseklere uçamıyor. Belki. Ama bakın ... bir bakın hele ... yukarlarda işte!

RAY BRADBURY

17 Mayıs 1965

1

Sanki yeni bir yaşamın açılış gecesi...ama gece değil, gündüz. Üstelik görkemli biçimde iki yana kayan kadife perdeler yerine, oluklu tenekeden kocaman hangar kapıları, beton üzerindeki raylarda gıcırdayarak, sürtünerek açılıyor, görkemli denemeyecek kadar inatçı davranıyor. Hangarın içi hâlâ karanlığın nemini üzerinden atmış değil, koca kapılar yeni yaşam biçimini sunarcasına açılırken kanat altlarındaki iki kara gölcükten buharlar hemen yükselmeye başlıyor. Yeni yaşam biçimi de antik bir biplan. Bir pırpır!

Ben buraya alışveriş yapmaya geldim. Değiş tokuş yapmaya. İşte bu kadar basit. Bu uçak, neresinden bakarsanız bakın, ne de olsa 1929 yapımı, oysa bugün de bugündür. Niyetiniz bu nesneyi California'daki evinize götürmekse, bunun tek yolu onu Amerikan'nın bir ucundan bir ucuna, iki bin yedi yüz mili aşan bir yol boyunca uçurmaktır.

Güzel bir uçak. Koyu kırmızı ve koyu sarı, eski bir biplan.

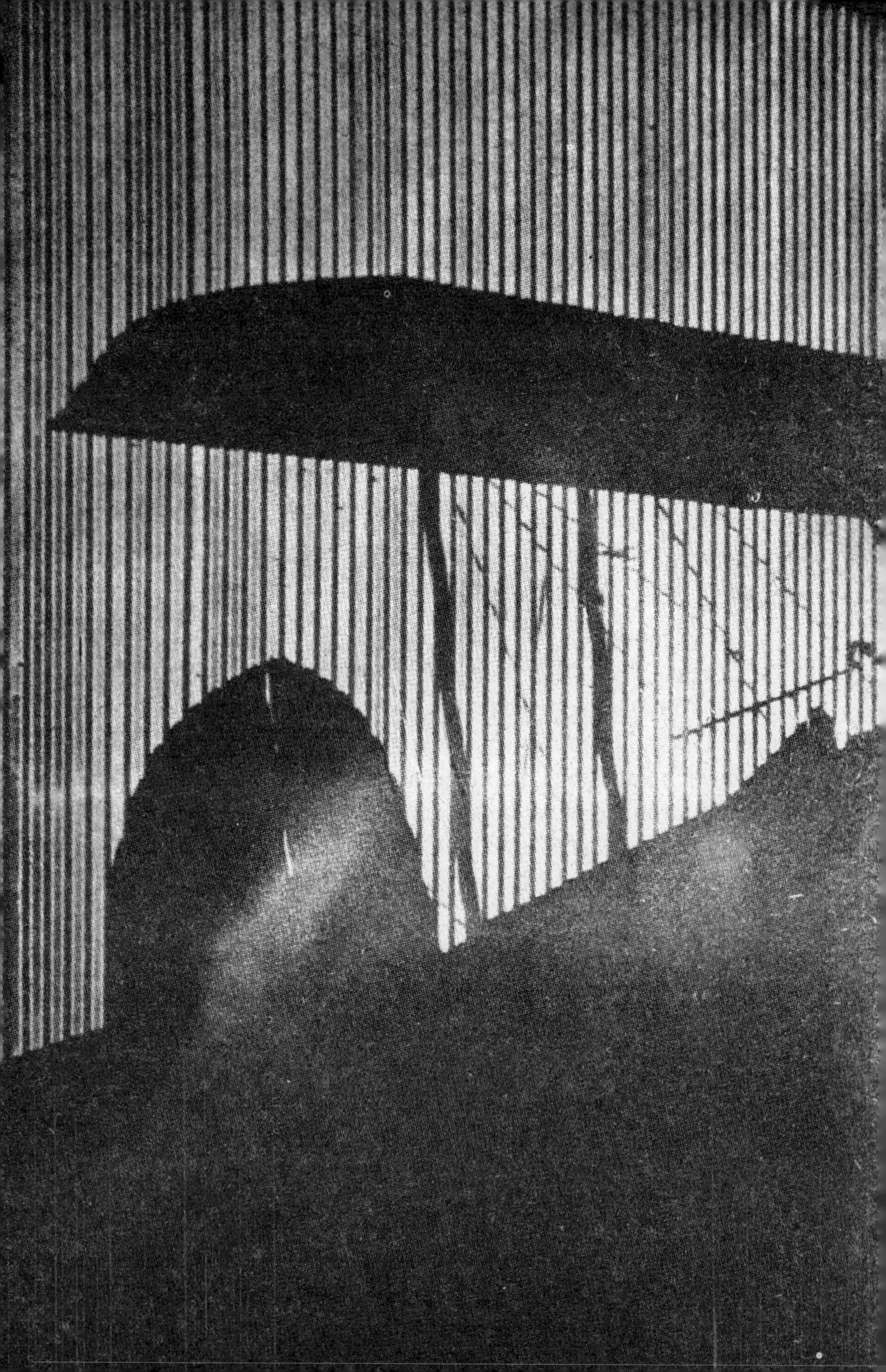

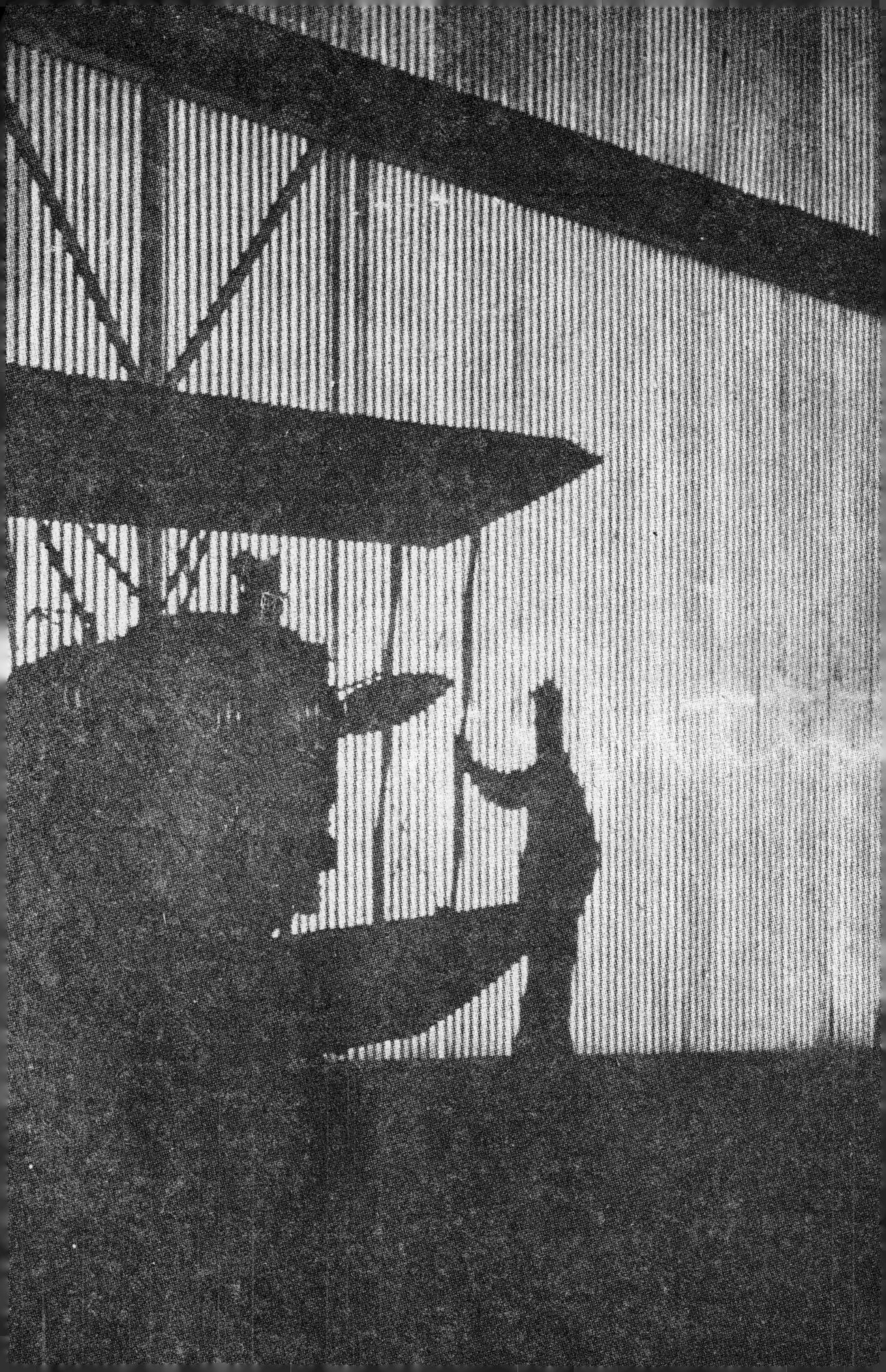

Kocaman, yüksek tekerleri, üstü açık iki pilot kabini, üst ve alt kanatları arasında da dakik hesaplanmış zikzaklar çizen telleri var.

Ayıp. Senin şu anda da güzel bir uçağın var zaten. Kendi uçağının yenilenmesi için döktüğün onca parayı, onca saati unuttun mu? Daha üstünden bir yıl ancak geçti! Her yanı elden geçmiş, 1946 yapımı bir Fairchild 24 ... pırıl pırıl! İlk günkü gibi! İlk günkünden de iyi; çünkü artık sen o Fairchild'ın her kaburgasını, gövdesinin her parçasını, motorun her silindirini tanıyorsun, kusursuz olduklarını da biliyorsun. Bu pırpır için aynı şeyi söyleyebilir misin? O brandanın içinde kaburgalarından bazılarının kırık olmadığını, kanat çıtalarının çatlak olmadığını nereden biliyorsun?

Fairchild'ı kaç bin mil uçurmuştun hele sen? New Jersey'deki Colt Neck'de, onu o hangardan çıkardığın günden başlayarak kuzeydoğu bölgesinde binlerce mil. Sonra Colt Neck'den yine binlerce daha...Los Angeles'e kadar. Yeni eve giderken, karın ve çocukların da ülkeyi kendi gözleriyle görsünler diye. Bu koca ülkeyi, gürüldeyen ırmaklarıyla, sarp dağlarıyla, güneş altındaki buğday başaklarıyla o yolculukta capcanlı hale getiren uçağı unuttun mu? Sen o uçağı, hiçbir fırtınanın durduramayacağı gibi yaptın, içini komple uçuş aletleriyle, iletişim ve seyir için dual telsizlerle, rüzgârı, yağmuru içeri sokmayacak kapalı kabinle donattın. Şimdi de o uçak seni yine binlerce mil uçurdu, ta Los Angeles'den buraya, Lumberton, Kuzey Carolina'ya getirdi.

Burası tam biplan diyarıdır. Lumberton'da Mart ayı, Haziran gibi, Ağustos gibi olur. Ama eve giden yol bambaşkadır. Üç gün önce Arizona'da gördüğün o donmuş gölleri unuttun mu? Albuquerque'deki karları? Oraları böyle üstü açık pilot kabinli biplanlara göre yer değil! Bu pırpır şu anda tam kendine uygun bir yerde işte. Lumberton'da, durduğu pistin çevresi yeşil tütün tarlalarıyla çevrili, kendine benzer antik uçaklar yakın yerlere park etmiş, sahibi avukatlıktan zaman ayırıp onun ihtiyaçlarıyla meşgul oluyor.

Bu pırpır senin uçağın değil, *senin tipinde* uçak bile değil. Britt ve Britt hukuk şirketi ortaklarından Evander M. Britt'in malı ve öyle de kalmalı. Eski uçakları seven bir adam. Gelip onların ihtiyaçlarıyla uğraşacak vakti de var. Kafasında öyle vahşi planlar yok, bu uçağa atlayıp ülkeyi baştan başa dolaşmak aklının ucundan bile geçmiyor. Uçağını tanıyor, neyi yapabileceğini, neyi yapamayacağını biliyor. Aklını başına topla. Fairchild'a atlayıp evine uç ve unut bu çılgınlığı. Gazeteye verdiği ilan, ona alçak kanatlı bir Aeronca getirmeliydi. Kendi evinin biraz ilerisinde oturan birine ait bir uçak. Herhalde Los Angeles, California'dan gıcır gıcır bir Fairchild 24 getirmesi beklenemez. Bu pırpırın telsizi bile yok!

Doğru da. Eğer bu alışverişi yaparsam, bilineni verip bilinmeyeni almış olacağım. Bu düşüncenin karşısına çıkarılabilecek bir tek iddia var, o da biplan'ın kendisi. Mantık dışı, bilgi dışı, güven dışı bir iddia. Onu Bay Britt'ten almaya hakkım yok. Antik Uçak Derneği Sekreteri olarak, onun elinde bir biplan olması gerekir. İhtiyacı var biplana. Onu değiştokuş etmek için aklını peynir ekmekle yemiş olmalı. Bu makine onu seçkin azınlık arasına sokan bir bilet!

Ama Evander Britt koskoca adam. Ne yaptığını biliyor olmalı. Fairchild'ı neden istediği de bana vız gelir, benim o uçağın yenilenmesine kaç para harcadığım da, onunla ne kadar uzaklara uçtuğum da. Bildiğim bir tek şey var ... bu biplan'ı istiyorum. İstiyorum, çünkü zamanın içinde yolculuk yapmayı, zor bir uçakla uçmayı, uçarken rüzgârı tenimde hissetmeyi, insanların bana bakmasını, beni görmesini, ihtişamın hâlâ var olduğunu bilmesini istiyorum. Büyük ve görkemli bir şeyin parçası olmak istiyorum.

Buna adil bir alışveriş denebilir ama bunun tek nedeni, her iki uçağın değerinin aynı olması. Parayı bir yana bırakırsak, bu iki uçağın başka hiçbir ortak yanı yok. Peki, ya biplan? Onu istiyorum... çünkü istiyorum da ondan. Eve biplan'la döneceğim diye yanımda uyku tulumuyla ipek fular bile getirdim. Kararım karar. Hele şimdi o karanlık kanat ucuna elimle dokunduktan sonra ... hiçbir şey döndüremez beni o kararımdan.

"Onu şu çimenlere çıkarayım," dedi Evander Britt. "Şu sancak kanat takozunu alıverin oradan ... aşağıda..."

Gün ışığına çıkınca kırmızının ve sarının deminki koyuluğu yok oldu, yerine parlak al bir renkle, doğan güneşin pırıltısı gibi bir alev geldi, biplan brandadan, tahtadan oluşmuş dört ayrı kanadı, beş siyah silindirli motoruyla karşıma çıktı. Otuz beş yaşındaydı ama bu hangar onun yapıldığı fabrika olabilir, şu etrafımızdaki hava 1929'un havası olabilirdi. Acaba uçaklar da bizi kedi-köpekler gibi mi görüyor diye merak ederim hep. Onlar bir yıl yaşlanırken biz on beş, yirmi yıl alıyoruz. Hayvanlarımız yuvamızı bizimle nasıl paylaşıyorsa, biz de o hep değişen, kayıp geçen, gökyüzü dediğimiz yuvayı uçaklarla paylaşıyoruz.

"...çalıştırması pek de o kadar zor değil aslında, ama tam tavını bulacaksınız. Dört tam tur bekleyin, sonra pervaneyi beş altı kere çekin..."

Bu pilot kabini çok yabancı ve farklı. İçi deri kaplı, ahşap ve brandadan oluşan bir derin çukur. Her yanda kablolar, teller var. Yer döşemeleri tahta. Solda üç motor-kontrol çubuğu, bir yakıt valfı, karşıda yine kontrol çubukları, ufacık, siyaha boyalı panelde de altı temel motor ve seyir göstergesi. Telsiz yok.

Dört parçalı bir ön cam. Gözlerimin karşısında, alçakta. Şu anda yağmur başlasa burası ağzına kadar su dolar.

"Bir iki kere ağır ağır benzin verin."

"Bir ... iki. Tamam." Tuhaf şey, pilot kabinlerini su bastığını hiç kimseden duymazsınız. Ama bunlardan birinin içindeyken yağmur başlarsa ne olur?

"Bir tur daha bekleyin, sonra hemen basın."

Ön panelde klik-klik sesi.

"Kontak! Ve frenler."

Parıldayan pervane aşağıya doğru döndü ve motorun çalışmaya başladığını duyduk. Bir an soluk aldı, boğulur gibi oldu, sabahın serinliği içinde boğuk boğuk öksürdü. Sessizlik onun önünden korkuya kapılmış gibi kaçtı, çevredeki ormanın uzak köşelerine saklanmaya çalıştı. Kısacık bir an mavi duman bulutları yükseldi, sonra hemen uzaklara savruldular, dönüp duran gümüş bıçaklar silinip kocaman bir yelpaze içinde eridi, arkaya, benim üzerime doğru hava üfledi. Sanki bir dev, kır çiçeğinin üstüne üflüyordu. Çıkardığı ses motorun sesine eklendi, çamlarda dolaşan güçlü bir batı rüzgârını andırdı.

Önümde uçağın burnundan başka hiçbir şey göremiyorum. İki yolcu alacak ön pilot kabini ve pervanenin kocaman bir daire halindeki gümüş bulanıklığı. Frenleri bıraktım, uçağın yan tarafından aşağıya başımı uzatıp pervane rüzgârının, o dev soluğunun tam içine baktım, sonra levyeyi hafifçe öne doğru ittim. Pervane halkası daha inceldi, daha hızlandı, motorun sesi daha boğuklaştı. Ama hâlâ kof ve titreşimli bir ses. Sanki bin galonluk, içi aynalarla kaplı bir fıçının dibinde homurdanıyor, kükrüyor.

Kocaman eski tekerlekler çimenlerin üzerinde dönmeye başlıyor. Eski rüzgârın altındaki eski çimenlerin üzerinde. Hem başka bir yıla, hem de bu yıla ait olan parlak, eski kanatlar, açılar oluşturan tellerle, öne eğimli tahta çubuklarla birbirine sağlamca bağlı, Carolina'nın soğuk çimenleri üzerinde, kelebek renklerine boyanmış gibi. Pedala ayağımla dokunup ilerlerken burunu bir o yana, bir bu yana çeviriyorum, önümde uzanan o göremediğim alanın boş olduğundan emin olmaya çalışıyorum.

1929'dan bu yana uçuş rüyası amma da aşama yapmış! Modern uçaklara ait olan o kibirli, burnu havada iş adamlarının gölgesine bile yer yok burada. Zerre kadar yok. Altımdaki basit bir gezinti taksisi. Önü gözüksün diye habire S-dönüşler yapan, ikide bir duraklayıp rüzgârı koklayan, otlar arasındaki bir çiçeği seyreden, motorun sesini dinleyen bir taksi. Sessiz görünüşlü, eski bir pırpır. *Görünüşlü* diyorum ama ... yalnızca *görünüşü* sessiz.

Bu eski uçaklar hakkında çok şey dinlemişliğim vardır. Neler neler duymuşumdur. Güvenilmez şeylerdir bunlar. Her an motorun stop etmesine hazırlıklı olmak gerekir. Genellikle de tam kalkış anında pes eder bu motorlar. Tam onlara en çok ihtiyaç duyduğunuz zamanda. Bu konuda yapılabilecek bir şey de yoktur ... huyları öyledir bunların. Eğer kalkışta bir terslik olmazsa, havadayken hep gözünüz üstünde olmalı. Gereğinden biraz fazla yavaşladınız mı, bastığınız halıyı çeker gibi yapar, sizi burun aşağı fırıl fırıl döndürerek tepeleme yere doğru diker. Büyük ihtimalle o tornavida dönüşleri durduramazsınız da. Giderek daha hızlı, daha ufak halkalar çizerler. Sizin tek yapabileceğiniz atlamak olur. Bazen bütün motorun fırlayıp düşmesi bile sizi şaşırtmamalı. Hiç bilemezsiniz. O eski motor yataklarının köhne metali şimdiye çoktan kristalize olmuştur. Bir gün ÇAT! der, kendinizi gökyüzünden sırtüstü düşer bulursunuz. Ya bu eski uçakların ahşabı? O eski tahta parçalarına da çok dikkat etmek gerekir. Çoktan dibine kadar çürümüştür hepsi herhalde. Ufacık bir hava boşluğuna rastlasanız ya da rüzgâr birazcık hızlı esmeye kalksa, bir de bakarsınız kanatlarınızdan bir tanesi uçmuş, döne döne gidiyor! Ya da daha beteri, geriye doğru katlanıp pilot kabininin üstünü örtüyor, atlamanıza bile engel oluyor. Ama en kötüsü inişlerdir. Biplan'ların iniş takımları çok dar olur, mekanizması da bir halta yaramaz. Kaşla göz arasında altınızdan kaçıverir, kendinizi bir kablo yığınının, kırık tahta parçalarının, yırtık branda bezlerinin üzerinde, pistte kayıyor bulursunuz. Kalleştir bunlar resmen. Başka kelimesi yok bunun ... kalleş işte!

Oysa bu uçağın çok uysal bir hali var, herkesin üzerinde iyi izlenim bırakmaya çalışan bir genç kız kadar da özenli. Şu motorun tıkırtısına bak! Ayarı yapılmış yarış motoru gibi. Koronun içinde bir tek silindirin sesi bile aksamıyor. "Güvenilmez"miş! Hah!

Havalanmadan önce şurada, çimenin üzerinde çabucak bir motor hızlandırma ... Kontrolların hepsi boşta ve iyi çalışır durumda. Yağ basıncı ve ısı göstergesi tam olması gerektiği gibi. Yakıt valfı açık, karışım mükemmel, tüm levyeler yerli yerinde. Buji avans levyesi bile. Manyeto yükseltici kablosu bile var. Bunları son otuz yıldan beri koymuyorlar artık uçaklara.

Pekâlâ öyleyse uçak, bakalım uçmasını biliyor musun. Levyeye hafif bir dokunma, burunu rüzgâra çevirmek için sola doğru hafif bir dönüş, karşımda geniş bir alanı kaplayan upuzun pist çimenleri. O kötü dedikodulara birinin yıllar önce son vermesi gerekirmiş!

Deri miğferin çene bandı tokalanıyor, kara gözlükler alından göze indiriliyor.

Levre önde artık. Dev sert bir sesle üflüyor, egzosu benim

üzerime yöneltiyor. Bu motorların pek de sessiz olmadığı bir gerçek.

Kontrol çubuğunu öne ittiğim gibi kuyruk havalandı, uçuyor işte. Biplanlar bu küçük, çimenlik alanlara göre yapılmış. 1929'da pek de fazla havaalanı yokmuş. Tekerleklerin bu kadar büyük olması da o yüzden. Çayırdaki, yarış yollarındaki, köy yollarındaki çukurların üzerinden etkilenmeden kayabilsin diye. Kısa pist kalkışlarına göre yapılmış, çünkü taşıyacağı yolcular da hep böyle yerlerdeymis. Bu kısacık alanlardan yolcu alıp taşıyarak hayatını kazanırmış biplan'lar.

Çimen karşımda yeşil fötr gibi dümdüz görünmeye başladı. Parlak kanatlar yavaşça gökyüzüne doğru yükseldi, motor o kof fıçının içinde kükremeyi sürdürdü, kocaman tekerlekler hâlâ dönüyor, ama yerden ayrıldı. Duyuyor musunuz şunu! Tellerdeki rüzgârın sesine bakın! İşte şimdi de rüzgâr tüm çevremi sardı. Yok olmamış hiçbiri! Sararmış tozlu kitapların sayfalarına gömülü kahverengi fotoğraflar haline gelmemiş! Şu anda burada hepsinin tadı! Kulaklarımda çığlık atan o kükreme, fularımın rüzgârda savruluşu! Şu anda benimle birlikte burada! Tıpkı ilk pilotlara olduğu gibi. Onların megafonla attıkları çığlıkları Illinois otlaklarının, Iowa çayırlarının, Pennsylvania piknik alanlarının, Florida plajlarının ucuna götüren de aynı rüzgârdı. *"Beş dolar, millet, beş dakikası beş dolar. Yaz bulutları arasında beş dolara dolaşın. Melekler diyarını beş dolara paylaşın. Kendi kentinizi gökyüzünden seyredin. Siz, bayım, bayanı bir keyif gezisine götürmek istemez misiniz? Kesinlikle güvenli, zerre kadar riski yok. Yalnızca kuşların ve uçakların gezebildiği yerlerdeki o rüzgârı teninizde hissedin bir."* Aynı brandayı döven, aynı tellerin arasında şarkı söyleyip aynı motor silindirlerine çarpan, aynı parlak pervane bıçaklarının kesip doğradığı o hava, yıllar önceki gibi aynı uçağın geçişiyle aynı biçimde kıpırdayıp yol açıyor.

Eğer rüzgâr da, güneş de, ufuktaki dağlar da değişmiyorsa, bizim kendi kafalarımızda ve takvim yapraklarında uydurduğumuz yıllar hiçbir şey değil. Şu aşağıdaki çiftlik evi! Bunun bugünün çiftlik evi olduğu, 1931'in çiftlik evi olmadığı neresinden belli ki?

Bahçe yolunda modern bir araba duruyor. İşte zamanın geçtiğini bir tek ondan anlayabiliyorum. Bize çağımızı, modern günleri verenler aslında takvimleri yapanlar değil, otomobillerin, bulaşık makinelerinin, televizyonların, modaların tasarımlarını yapanlar. Yeni bir araba olmadı mı, zaman yerinde sayıyor.bir eski uçak bulup benzini bir iki kere pompaladınız mı, parlayan pervanesini bir çevirdiniz mi, zamanı istediğiniz yere geri yollayabilir, onu istediğiniz kalıba sokabilir, ona kendi istediğiniz gibi bir biçim verebilirsiniz. Bir kaçış makinesi bu altımdaki. Pilot kabinine tırman, levyeleri oynat, valfları çevir, motoru çalıştır, çimenlerin üzerinden o değişmeyen hava okyanusuna doğru yüksel ... kendini çağının hakimi durumunda bulursun.

Birlikte uçarken biplan'ın kişiliği süzülüp bana nüfuz ediyor. Yükselme levyesini iyice aşağıya itmiş olmak şart. Yoksa elimi kontrol çubuğundan çektiğim anda burun yükseliveriyor. Aileron kuvvetleri yoğun, titreşim ve kaldırma gücü az. Yükselirken levyeyi dibine kadar itsem, parlayan pervaneden dakikada ancak 1750 dönüş alabiliyorum. Ufuk dengeli duruyor. Yatay. Tam İki Numaranın ve beş silindir başının üzerinde. Uçak hafif yavaşlıyor, ama yavaşlamadan önce çubukta bir titreme hissediyorum. Burunun az sonra aşağıya sarkacağı konusunda bir uyarı. Kontrol çubuğu geri çekilmiş olduğu halde hem de. Bu uçağın hiçbir kalleş yanı yok. Rüzgâr altındasın tabii. Hele kafanı ön camın ardından çıkarıp yana uzatmaya kalkarsan! Ayrıca modern uçaklar kadar sessiz de değil. Uçağın yavaşlamasıyla rüzgârın sesi biraz kısılıyor, hızı yükselttiğin anda avaz avaz uyarılar haykırmaya koyuluyor. Uçağın büyük bir kısmı pilotun önünde. İnsan bir saat uçsa, ön camı ince bir yağ tabakası film gibi kaplar. Levye bir an geride dursa, motor hemen geri tepiyor, levye yeniden öne gelirken de boğulur gibi oluyor. Uçurması o kadar da zor bir uçak değil, orası kesin. Kalleş olmadığı ise gün gibi ortada.

Alanın üzerinde bir daire çizip, kalkış pistini çimenler arasında kurdele şeritleri gibi görüyorum. En zoru inişmiş diyorlar. Çayıra dikkatle bakmalı, pistin boş olduğundan emin olmalıymışım. İnmeye hazır olduğum zaman, o koca burun önümü görmemi tümüyle engelleyecekmiş. Hızımı kesip de, önümü görebilmek için S-dönüşlerine başlayabileceğim ana kadar, yoluma bir şey çıkmaması için ancak dua edebilirmişim. İşte ineceğim alan. İşte pistin yanındaki çimenler. Şöyle biraz solda benzin pompaları, yanında da bizi seyreden bir grup insan.

Gökyüzündeki upuzun, gözle görülmez bir rampadan aşağıya doğru kayıyoruz, pistin çevresini koruyan iki kavak ağacını geçiyoruz. Biplan öyle yavaş uçuyor ki, kavakları seyretmeye, yapraklarının rüzgârda nasıl gümüş levhalar gibi kıpırdadığını görmeye bile vakit var. Derken başımı uzatıp yandan aşağıya bakıyorum. Pist orada gözüküyor. Yandan bak, yüksekliği, hızı, kuyruk tekerlerinin çimenlerden ne kadar yukarda olduğunu hesapla. Derken bir titreme ... uçak iniyor, bir sola, bir sağa ... onu doğru tut pistte! Kaçmasına izin verme ... o kadar. Her şey öyle basit ki!

Bir kalkış daha, sonra bir iniş, biraz daha bilgi derleyip depola. Onu hangara doğru sürerken kendi kendime, duyduğum uyarı dolu hikâyeleri kafamdan bu kadar kolay atabildiğime şaşıyorum.

"Evander Britt, anlaştık, tamam."

Alışveriş muameleleri bir günde tamamlanıyor, bu arada ormanda arasıra pek küçük bir hışırtı oluyor ve bir yerlerde bir kuşkunun yattığını bana fısıldıyor.

Artık 1929 modeli bir Detroit-Ryan Speedster, model Parks

P-24'ün sahibiyim.

Elveda Fairchild. Seninle nice saatler uçtuk, birlikte neler neler öğrendik. Yağ mekanizmalarının nasıl su koyverdiğini, uğultu kesildiğinde neler olabileceğini, gözle gözülmez radyo ışınları üzerinde Pennsylvania'nın, Illinois'un, Nebraska'nın, Utah'ın, California'nın göklerinde nasıl uçulabileceğini, uluslararası havaalanlarına peşimizde jetlerle nasıl inilebileceğini, üzerinde bir tek martıdan başka bir şey olmayan kumsallarda nasıl dolaşılabileceğini öğrendik. Ama şimdi öğrenilecek yeni şeyler çıktı, onlar da yeni sorunlar doğuracak.

Yeni bir hayata açılmış olan hangar kapıları şimdi de eski bir hayatın üzerine kapanıyor. Parks'ın ön kabinine uyku tulumu, sandviçler, su şişesi, yağ bidonu, kabin örtüleri ve C-26 bujileri dolduruluyor, yanlarına diğer aletler, yapışkan bantlar, yumuşak tel kangalları sıkıştırılıyor.

Benzin deposuna beş saatlik benzin konuyor, Evander Britt'le son kere el sıkışılıyor. Orada bekleşen, benim nereye uçmak niyetinde olduğumu bilen insanlardan birkaç kelime.

"İyi şanslar."

"Heyecana falan kapılmayın."

"Dikkatli olun, e mi?"

Bir gazete muhabiri, pırpırın pilotundan yedi yaş daha büyük oluşunu ilginç buluyor.

Motor çalışıyor, fıçısının dibinde hafif hafif homurdanmaya koyuluyor. Ben pek de tanımadığım paraşütü kuşanıyorum, güvenlik kemerini tokalıyorum, çimenler üzerinde yavaşça ilerlemeye koyuluyorum. Ardımda çimenler sallanıp yerine geliyor. Kalkış yerine ilerliyorum.

Bu an da o çok önemli anlardan biri. Önemi konusunda zerre kadar kuşku olmayan, kesinlikle unutulmayacak anlardan biri.

İşte o an levye eldivenimin altında öne itiliyor, yolculuğun ilk saniyesi başlıyor. Teknik ayrıntılar her yanımda ve benimle birlikte. Rpm 1750, yağ basıncı 70 psi, yağ sıcaklığı 100 F. Öteki ayrıntılar da benimle birlikte ... ve ben de yeniden bir şeyler öğrenmeye hazırım. Yerdeyken bu uçağın burnundan, önümdeki *hiçbir şeyi* göremiyorum. Motordan bir tek ek devir bile almaksızın bu levyeyi nereye kadar itebilirim acaba? Uzun, upuzun bir yolculuk olacak. Pistin iki yanındaki şu çimenlere bak. Kuyruk tekerlekleri amma da çabuk kalkıyor! Nasıl da bir anda ana tekerlekler üzerinde kalıyoruz! İşte kalktık. Çevremde her an gök gürültüsü gibi kükreyen, döven, kıvrılan bir rüzgâr. Bunların hepsini, yerdekiler nasıl duyabiliyorsa, ben de öyle duyabiliyorum. Ufacık uğultu yükseliyor, bir an için kafalarının üzerinde çıldırıyor, sonra yine hafifliyor, gökyüzünün uzaklarında minicik, sessiz bir biplan düzeyine iniyor.

2

Atlas okyanusuna bu kadar yakın olduğuma, arada birkaç milden fazla uzaklık bulunmadığına göre, önce doğuya, okyanusa doğru uçayım. Kıtanın bir kıyısından bir kıyısına, bir okyanustan bir okyanusa uçmuş olmanın zaferini daha gerçek hale getireyim.

Havadayız, doğuya yöneliyoruz, güneş arkamızda, soğumakta olan kocaman bir ateş topu gibi alçalıyor. Tren raylarındaki parlaklık kayboldu, yerin o koyu renk, koruyucu örtüsünde gölgeler birleşiyor. Ben hâlâ gün ışığındayım, ama yerde ortalığı kaplamaya uğraşan şey gecenin ta kendisi. Yeni pırpırımın da hiç ışığı yok. Daha yeni havalandık, ama inme zamanı geldi bile.

Beş dakika ötede, hafif sağda, ilerde ... bir açıklık. Bir otlak. Boyu çeyrek mil var, üzerinde yalnızca bir dizi ağaç var, o da inişi ilginç bir sorun haline getirmeye yarayacak. Pırpırla ben çayırın üzerinde üç tur atıyoruz, tümsekleri, çukurları, kesik ağaç çotuklarını, gizli saklı hendekleri inceliyoruz. Turları atıp bakarken, çeyrek mil boyundaki o çayır artık herhangi bir çayır olmaktan çıkıyor, *benim* kendi çayırım oluyor. Benim toprağım, benim bu geceki yuvam, benim havaalanım. Daha birkaç dakika önce bu toprak parçası hiçbir şey değildi, şimdi ise benim evim oldu. İyice sola iniş yapmam gerektiğini biliyorum. Toprak yola paralel olarak. Ormana yakın yere istiflenmiş çam kütüklerine değmeden.

Kısacık bir an boyunca korku dolu bir ses yükseliyor içimden. Ne işim var benim buralarda! Vahşi, eski bir pırpırın içindeyim, güneş batmış, ben ineceğim çayırın üzerinde tur atıp duruyorum ve büyük ihtimalle de o koyu renk çimenler arasındaki bir devrik ağacı gözden kaçırıyorum. Bu gidişle kenara istiflenmiş kerestelere bin yüz elli kilo kereste de ben mi ekleyeceğim? Son bir dikkatli geçiş. Çayır kısa gibi. Üstelik ıslak görünüyor. Ama ben inmekte kararlıyım. Kısa ya da uzun olsun, ıslak ya da kuru olsun, tuzaklı ya da tuzaksız olsun.

Saatte seksen mille tek sıra ağacın üzerinden ıslıklar çalarak geçiyoruz. Hafif yana kaçarak yükseltiyi biraz daha azalt ... kara çimenler bir tek leke gibi hızla yanımdan geçiyor. Demin tek tek gözüken kütük istifleri de öyle. Son saniyede önümdeki dünya silinip yok oluyor, yeni uçağımın koca burnu tüm görüş alanımı kaplıyor. Battı ... balık ... yan ... gider. Tekerlekler ... yere bir tokat patlatıyor. Anında yüksek basınçla fırlayan çamur hortumları fiskiye gibi ... uçağı yutuyor. Ben mücadele ediyorum, direniyorum, pırpırı dosdoğru götürmeye, saptırmamaya uğraşıyorum. Durmak bilmiyor çoktan durmalıydık oysa daha yeni yavaşlamaya başlıyoruz çamur da hâlâ tekerleklerden savruluyor suratımda ıslaklığını hissediyorum dünya bulanıklaşıyor çünkü çamurlar gözlüklerimi kaplıyor çoktan durmuş olmamız gerekird ... BAM !

neydi o öyle kuyruktaydı kuyrukta bir şey koptu DAYAN ! Çamurlu inişimizi sertçe sağ yaparak bitiriyoruz, kocaman, koyu kahverengi bir su tabakası saniyenin onda biri kadar bir zaman içinde korkunç bir çamur fırtınası oluşturuyor, uçağı da, otuz metre yarıçaplı çevre içindeki tüm çimenleri de kaplıyor. Kayarak durduğumuzda koca tekerlerimiz ıslak toprağa on santim kadar batmış durumda. Düğmeleri kapa ... işte motor durdu, hareketsiz ve sessiziz, en derin sessizliklerin battaniyesine sarınmış durumdayız.

Çayırın karşı tarafında bir kuş ötüyor. Bir tek kere.

Amma iniş! Bir şey kırıldı, çünkü Parks çarpık duruyor, burnunu da havalara dikmiş. Demek uçakların ilk günlerinde böyleymiş durum. Pilot tek başınaymış. Eğer ben de o eski günleri yaşamak istiyorsam, tek başıma olmak zorundayım.

Az sonra, eğer ben bir şey yapmazsam hiçbir şey olmayacağını, ben kıpırdamazsam hiçbir şeyin kıpırdamayacağını anlıyorum. Pırpırla ikimiz öylece oturup bir çamur heykeli halinde donacağız ve ebediyete kadar da öyle kalacağız. Benim sessizliği bozmam, bir hareket yapmam, neyi kırdığımı anlamam gerek.

Böylece, gece çamurlardan yükselip etrafımızı kaplarken kıpırdıyorum, pilot kabininin yan tarafından çıkıyorum, fışırtı sesleriyle ıslak toprağa basıp korka korka kuyruğa bakıyorum. Durum iyi görünmüyor. Gövdenin altından kuyruğun yalnızca en ucunu görebiliyorum. Aksın kırıldığından, ezilip benim onaramayacağım biçimde büküldüğünden eminim.

Ama çamurların içine sırtüstü yatıp feneri yukarıya tuttuğumda işlerin hiç de sandığım gibi olmadığını anlıyorum. Amortisörle ilgili kısa iplerden biri kopmuş, o kadar. Tekerlek de o zaman arkaya doğru katlanmış tabii. Pilot kabinindeki yedek malzememin arasından çektiğim bir naylon ipi kopanın yerine bağladığım anda, tekerlek tekrar dönüp yerine geldi, fethedilecek yeni çayırlara kendini hazırladı. On dakika sürmüştü bu iş.

Demek böyleydi bu işler. Pilot kendi sorunlarını, karşısına çıktıkça kendisi çözümlüyordu. Kimsenin yardımına bağımlı olmaksızın, canı nereye isterse oraya gidiyordu.

Modern havacılıkta bugün adam başına bir pist düşüyor, bir yığın insan da derdi olan pilotlara yardım ederek hayatını kazanıyor. Ayrıca ... kontrol kulesi seni görüyorsa kendini topla, ey pilot!

Havacılığın ilk yıllarında Parks'a ve onun kardeşlerine binerek tek başlarına çayırları dolaşan o pilotlar acaba bugünkü durumu görseler ne düşünürlerdi? Belki büyük havaalanlarında işlerin ne kadar harikulâde olduğunu takdir ederlerdi. Ama belki de başlarını hüzünlü hüzünlü iki yana sallar, tek başına ve özgür olabildikleri o günlere doğru gerisingeri uçarlardı.

Buracıkta, çamurlu çayırımda, ben de onları izledim. Burası tam onlara göre bir alan. Ne kontrol kulesi var, ne pist, ne yakıt ve yağ servisi, ne de park edeceğim yeri gösteren, üzerinde FOLLOW ME yazılı kamyonet. Burada şimdiki zamanın bir izi olmadığı gibi, havada hiçbir zaman belirtisi de yok. Eğer canım isterse, üzerinde 1936, 1945, 1954 ve Mayıs 1964 yazılı kâğıt ve kartlarıma başvurabilirim. Ama istersem onların hepsini tuttuğum gibi yakabilirim de. Hepsini yakar, küllerini ayağımla bastıra bastıra şu çamurların içine gömerim, üstlerine yine yeni çamurları bastırırım, o zaman tek başıma, şimdiki zamanın çok ötelerinde kalabilirim.

Karanlık çevremizi iyice sarıyor. Su geçirmez pilot kabini örtüsünü sol kanadın altına seriyorum, uyku tulumunu onun üzerine yayıyorum. Kuru kalsın diye. Yarım mil uzunluğunda, çevresi bakımsız ormanla çevrili koca çayırdaki tek ses, uyku tulumunun kabin brandası üzerine yayılmasının, bir de soğuk tavuklu sandviç paketinin açılmasının sesi.

Uçağımın kanadı altına uzanıp uyuyorum, ama biraz sonra, gecenin soğuğu beni uyandırıyor. Tepemde gökyüzü, kendi gizemli ufuklarına doğru yine o soğuk, karanlık, sessiz haliyle kayıp duruyor. Kimbilir kaç saat boyunca gökyüzüne bakıp onu izliyorum, onunla birlikte ufukları aşıyorum, yine de hiç yorulmuyorum. Hep değişen, harikulâde gökyüzü. Onun da anahtarı uçak tabii. Gökyüzünü ulaşılabilir kılıyor. Teleskopsuz astronomi nasıl ilginç olmayabilirse, uçaksız gökyüzü de öyle. İnsan ancak bir süre seyreder, sonra doyuverir. Ama kendisi de katılabiliyorsa, gündüzleri bulut kümelerinin arasından geçebiliyor, geceleri bir yıldızdan bir yıldıza uçabiliyorsa, o zaman bilerek seyreder, o kümelerden geçişin, o yıldızlara uçuşun nasıl olacağını hayal etmek zorunda kalmaz. Uçak oldu mu, gökyüzünü eski bir dost gibi tanır, onu görünce gülümsemeye başlar. Ne belleği yoklamak gereklidir, ne de hatırlatma notları almak. Pencereden dışarıya bir göz atınca, tenha veya kalabalık sokakta birkaç adım atınca, ister öğlen olsun, ister geceyarısı, hemen gülümsersiniz. Şu anın gökyüzü hep buradadır, kayar durur ... ve biz de baktıkça onun sırlarının birazını paylaşırız.

Ben de bu gece, yarı o beyaz un aydedenin altında, yarı ahşap kaburgalı kanadın altında dinleniyorum. Üzerindeki bir başka ahşap kaburgalı kanadı, o çıtalarla, tellerle taşıyan kanadın altında. Yıllar önce olmuyor bu. Ben burada, şu anda dinleniyorum. Ya çayırlar? Onlar da aynı ayla, aynı yıldızlarla yaşıyor. Onların da günü geçmiş değil ... hâlâ etrafımızda.

Yeni pırpırımı merak ediyorum. Nice takvimleri, o güvenli, sessiz hangarda yaşayıp geçirmiş, ona sabırla bakılmış, pek seyrek uçurulmuş. Ne yağmur dokunmuş ona, ne güneş, ne de rüzgâr. Oysa şimdi şurada, gecenin bu saatinde şu çamurlu, soğuk çayırda, her yanı kirlerle, sularla kaplı, kanatlarında çiğ damlaları oynaşıyor. Çevresinde o siyah hangar havası yerine gökyüzü ve yıldızlar var. Evander Britt onun nerede olduğunu bilse, yüzünü buruşturur, gözlerini kaçırırdı. Son Detroit-Parks P-2A uçuyor ... en sonuncu P-2A! Paha biçilmez! Ve bu gece ÇAMURUN İÇİNDE, ha?

Gülümsememi tutamadım.. Çünkü bana kalırsa, gerçekten tarafsız konuşuyorum, bence o burada çok daha mutlu. Çünkü o bu çimenler, bu çamurlar için yapılmış. Tasarımcının kaleminden gerçek hayata, bu çayırlar, çamurlar, yıldızlı geceler için geçmiş. Çayırlardan, kavşaklardan, yemyeşil köy panayırlarından, gökkuşağı renklerindeki sirklerden aldığı yolcuları keyif uçuşlarına çıkararak hayatını kazansın diye tasarımlanmış. Uçsun diye yaratılmış.

Uçağın şu anda aletlerin ve iplerin altında gömülü duran seyir defteri, uçuşlarının kaydını taşıyor. Zimbalı kâğıtlara geçirilmiş bir bellek o defter.

"TARİH : *Mayıs 14, '32,* UÇUŞ SÜRESİ; *10 dak.* YOLCU SAYISI ; *2."* Sayfalar dolusu beşer ve onar dakikalık uçuşlar. Havalanmaya, tarlanın çevresinde bir tek tur atıp gerisingeri inmeye ancak vakit var. Arada sırada YORUMLAR sütununda bir yazıya rastlanıyor : *'BUGÜNE KADAR TOPLAM YOLCU SAYISI - 810."* Birkaç sayfa sonra; "*Toplam yolcu - 975."* Bunlar arasında, sütunun bazı yerlerinde, inişlerin hepsinin pek de arızasız olmadığı belirtilmiş. *'Pervane indirildi ve doğrultuldu."* "*Kanat ucu onarıldı." "Kuyruk tekerleği yerine takıldı."* 1939 Eylülünde şöyle yazılı : "Yolcu - 1233," bir sonraki yazıda da : "*Uçak depolanmaya hazırlandı,"* deniliyor.

Evander Britt eğer uçağı hemen satamazsa onu Ulusal Havacılık Müzesine vereceğini söylemişti. Türünün son örneği bir uçak. Çağının sembolü.

Hangisini seçerdin, pırpır? Cilalı marley yerleri, mor kadife ipler ardında güvenli bir hayatı mı? Yoksa çamur ve ay ışığının güvensizliklerini, eğrilen pervaneleri, onarılan kanat uçlarını mı?

Pilota da sorulabilecek bir soru bu. O da cilalı yerlerin, kadife iplerin güvenliği altına girebilir. Kırsal alanlarda dört dönüp olmayacak risklere girmeye gerek yok. İsterse sonsuzluğa kadar bir masanın başında, güven içinde oturabilir. Güvene kavuşmak için bir tek şeyi feda etmesi yeter. Evet, güvene kavuşmak için feda edeceği şey ... yaşamak. Güvenlikte öyle üstesinden gelinmesi gereken korkular yoktur, yaptığımız hataların oluşturduğu çitin gerisinden haykıran vahşi tehlikeler yoktur. Eğer canımız isterse kadife ipler hazırdır. Duvarda da bir çift kelime : "Gürültü Etmeyin."

Tarlanın ıslak tabanından bir sis yükseliyor, ay ışığında tarla tıpkı buzlu cam gibi görünüyor. Neye benziyor bu böyle ? Neye benzetilebilir? Uzun uzun düşünüyorum, sonunda bunun daha önce bildiğim şeylerin hiçbirine benzemediğine karar veriyorum. Uçak dediğiniz varlık insana pek çok şey öğretir, ama bugüne kadar her zaman havadayken, uçarken öğretmiştir. Yere indiniz mi, ders bitmiştir. Oysa bugün, Kuzey Carolina'nın bu isimsiz çayırında, tepemdeki uçağın gölgesi uyku tulumumun üzerine düşerken ben hâlâ öğreniyorum. Hiç sonu gelecek mi benim uçaklardan öğrendiklerimin? Bir yeni derse daha yer kalmış olması mümkün mü?

Pırpır tepemde dingin ve harektesiz, öylece duruyor. Yarın da bir derse yer kalacağından son derece emin gözüküyor.

3

Serüvenler hep güneşle başlar. Sis yok olup çamurlar kanatların üzerinde kuruduğunda, pırpırla ikimiz birlikte geçireceğimiz ilk tam güne başladık. Çayırda duyulabilen tek ses silindirlerin buralara yabancı sesi: 1-3-5-2-4 yavaşça, tekrar tekrar yükselirken parlak pervane bıçağı da dönmeye başlıyor.

Çayırın uçağın önünde kalan kısmını arşınlıyorum, oraya uçmuş ağaç dallarını kaldırıp sorun çıkaracak çukurların yerlerini ezberliyorum. Kalkışın ilk kısmı duyarlıdır. Ağırlığın tekerleklerden kanatlara kaymasına kadar olan kısım.

1-3-5-2-4'ler ben gezinirken giderek hafifliyor kendi kendine işini gören halim selim bir dikiş makinesinin düzeyine iniyor. Canı isteyen biri çıksa, fırladığı gibi pırpıra koşar, levyeyi itip fırlar gider. Bu çayırın ıssız olduğunu biliyorum ama yine de pırpırın yakınlarına döndüğümde için rahatlıyor.

Uyku tulumu silindir torbasına girip gözden kayboldu, ön pilot kabinine kayışla bağlandı, dev üflemesi pervane rüzgârı bir kere daha üzerimde gezip tanıdık koşulları yeniledi, dostum ve hocam olmuş olan çayıra veda etmeye hazırız artık.

Düşünce bayrağı iniveriyor. Damalı bir bayrak. Üzerinde bir tek kelime : Haydi. Kükreyen bir yarıkürenin merkezinde 1-3-5-2-4'ler tekrar tekrar, saniyede 1750 kere yükseliyor, önce yavaşça, ağır tekerler üzerinde, sıçrayarak ilerliyoruz. Sonra daha hızlı. Sonra topraktaki minik pütürlerin birinin üzerinden diğerinin üzerine seker oluyoruz. İlk saniyede çamuru saçıyoruz, sonra sıçratıyoruz, daha sonra yüzünü tarıyoruz, sonra da onu dümdüz ve dokunulmamış durumda bırakıp üstüne kocaman, kara gölgemizi düşürüyoruz.

Elveda çayır.

Bir demiryolu doğuya doğru gidiyor. Parks'ın burnu da doğuya doğru. Bir okyanustan diğerine uçma hevesi yüzünden, yani insanoğlunun her şeyi düzgün paketler halinde sarıp kurdelelerle bağlama merakı yüzünden, batı yönündeki yolculuğumuzun bir parçası olarak doğuya doğru uçuyoruz. Gözle görülmez, soyut bir kapris uğruna, son derece göze görünen, somut biplan, gökyüzünü yırta yırta demiryolunu izliyor, Atlas okyanusuna ulaşmaya çalışıyor.

İlerde güneş altın bir denizden yükselmeye başlıyor. Artık demiryoluna ihtiyacım yok. Seyir göstergem olarak mat demir raylardan vazgeçip göz kamaştıran o koca yıldıza dönüyorum.

Bazen çevremdeki gökyüzünde öyle çok simgeler beliriyor ki, uçabilecek kadar gördüğüme şaşıyorum. Ben kendim de bir simge oluyorum. Bu harika bir duygu, çünkü öyle çok anlamım oluyor ki, anlamlar küpünden bugüne ve bu saate en iyi uyanını, bana en iyi duyguları verenini seçip alabiliyorum. Bütün iyi anlamları ... ve gerçek olanları.

Ne olayım şu anda? Anlamlarla arasına tedirgin bir mesafe

koyan o tedbirli yanıma göre, ben Ticarî Havacılıkta 1393604 numaralı sertifikanın sahibiyim, uçuş hocalığı imtiyazım var, aletli uçuşlarla, tek ve çok motorlu uçakların uçuşuyla ve uçuşu sağlayıcı yer hizmetleriyle ilgili dersler verme hakkına da sahibim. Yine aynı tedbirli yanıma göre, ben şu anda Wilmington Omnirange'den 5.27 mil uzakta, 263 radyal derecede, 2,176 fit yükseklikte, Greenwich saatine göre 1118'de bulunuyorum, zaman da Yeni Gregorien takvimine göre 1964 yılının Nisan ayının 27nci günü.

Uçurmakta olduğum uçağın gövdesi Stearman Vermilion rengine boyalı, Randolph stok numarası 1918, kanatlar ve kuyruk Champion Sarısı renginde, onun Randolph stok numarası belli değil ama ufkun ötesindeki tozlu bir arşivde, tavanarasında yatmakta olan dosyaların birinde kesinlikle yazılıdır. Çok dakik ve hesaplı bir uçak. Her civatası, her somunu, her çivisi öyle. Yalnız Detroit-Ryan Speedster, Model Parks P-24 olmakla kalmıyor, seri numarası 101, kayıt numarası N499H, 1929 yılının Aralık ayında yapımı tamamlanmış, 1930'un Ocak ayında da 276 numaralı Uçak Tipi Sertifikası olarak lisansı çıkmış.

Anlamlardan sıyrılıp da yalnızca üste takılmakla kalan etiketlere bakarsak, uçakla ben çok karmaşık ve çözülmez bir makine oluşturuyoruz. Motorun ve uçağın her somununun ve her telinin bir stok numarası, bir seri numarası, bir de parti numarası var. Elinize bir pertavsız alsanız, boyaları, cilaları sıyırsanız, numaraları oralarda okuyabilirsiniz. Damgalanmıştır. Ve anlamsızdır. İnsan kendini anlamlarla donatınca ortaya çelişkiler çıkıyor, anlamların türlü yoğunluk farkları oluyor, bazı anlamların delikleri matkapla pek de hizalı açılmamış oluyor ve bu nedenle o parçalar birbirine uymuyor. Seri numaralarıyla insan kendini güvende hissedebilir. Salt sessiz bir diyarda yani. Hiçbir anlaşmazlık olmaz. Hiçbir şey kıpırdamaz.

Ama ben kıpırdıyorum şu anda. Bu nedenle de hem uçağıma, hem de kendime uygun, biçilmiş kaftan bir anlam seçmek zorundayım.

Hava pırıl pırıl olduğuna, değişeceğe de benzemediğine göre, haydi neşeyi seçelim. İyi uydu mu? Bakın: neşe denilen şey güneşi ister, sabahın erken saatlerini ister. Neşe, sevinçle birlikte hareket eder, okyanusun altın rengi, havanın gevrek ve serin olduğu yere doğru hevesle gider. Neşe, o deri miğferin ve göz hizasına indirilmiş gözlüklerin üzerine püskürtülen sıvılaşmış havanın tadını alır. Ancak gökyüzündeyken bulunabilen, kazanılabilen özgürlüğe bayılır. İnsan hareket etmeyi sürdürdüğü sürece, o yükseltiden aşağıya düşmeye imkân yoktur. Hareket ettikçe kazanırız. Neşe, Stearman Vermilion no. 1918'de bile çok değerlidir.

Ağır ol, ağır ol, evlât. İşte şimdi de pratik yanım konuşuyor. Simgelerden rahatsız oluyor o yanım. Dizginleri çeken, ağır başlı yanım o benim. Ağır ol. Bizim tek istediğimiz, şu pırpırı Atlas okyanusuna kadar götürüp suların üzerinde bir iki metre uçurmak. Böylece "yaptım" diyebileceksin. Oradan hemen batıya yöneliriz. Motordur, biliyorsun. Arıza çıkarır mı çıkarır.

Kontrolun benim elimde olduğundan nasıl bu kadar emin olabiliyorum ben? Bu nasıl mümkün olabiliyor, diye merak ettim. Bilemiyorum. Ama uçarken o güveni hep duyarım, o bir gerçek. Örneğin şu bulutlar. Başkaları da geçebilir onların içinden. Ama onları dünyaya ödünç veren benim. Şu anda güneşin denizde çizdiği desenleri, gündoğumundaki o alev çizgileri, o serin rüzgârı ve o ılık havayı ... hepsini. Benim onlar. Çünkü onları benim gibi tanıyan ve seven biri daha olamaz bu dünyada. İşte güvenin ve gücün kaynağı bu. Ben bütün bunların tek mirasçısıyım. Uçağı göklere yükseltip, tıpkı altımdaki bulutun hissettiği gibi, kendimi yuvama dönmüş hissedebiliyorum.

Bir sabah güneş doğarken, ya da akşam güneş batarken başınızı kaldırıp yukarıya bakın. Binlerce eğik altın çizgi var, değil mi? Bir parlaklık, bir tür eriyik halinde ateş? İşte bunlar benim vatanımın yerden görünüşü yalnızca. Öyle parlak ve sıcak, öyle güzelliklerle dolu ki, bulutlar artık hepsini tutamıyor, bir kısmı taşıp yeryüzüne dökülüyor, yukarda var olan parlaklığın ve altının bir küçük örneğini getiriyor.

Dört silindirin, ya da beş veya yedi silindirin bulut üzerindeki küçük sesi, pırıl pırıl bir mucizeye dalmış kanatlı bir makineden gelmekte. Yukarda olmak, bu yaratıkla yanyana uçmak, bir vizyon görmekle bir, çünkü uçağın kanatları gündoğumunda dövme altın gibidir, ışını doğru açıdan yakalarsanız parlak gümüşe dönüşür, tepenizde ve ön camınızda elmas tanecikleri dans eder. İçerde de pilot ... seyreder. Ne diyebilir insan bunları görünce? Hiçbir şey diyemez. Bir başka pilot kabinindeki bir başka insanoğluyla bir sessizlik süresini paylaşırsınız.

Çünkü bunları görünce, bu ihtişam uçağın ve onu kullanan adamın üzerine serilince, artık söze yer yoktur. Yükseklerde büyülenmiş birinin yeryüzünde, kent içinde, duvarlar arasında, kibar toplum içinde bu güzellikten ve sevinçten söz etmesi komik ve yersizdir. Bir pilot en sevdiği insanlara bile gökyüzünün mucizelerini anlatamaz.

Güneş yükselip büyü solunca insanın yakıtı biter. Beyaz ibre E harfini göstermeye başlar, küçük gösterge mantarı sıçramaktan vazgeçer, yakıt sayacından kırmızı bir uyarı ışığı gelir. Bir dakikaya kadar, ya da beş, on dakikaya kadar lastikler bir kere daha çimenlere değer ya da unutulup gitmiş bir pistin betonu üzerinde, mavi dumanlar arasında çığlıklar atmaya başlar. Görev başarılmış, uçuş sona ermiştir. Bir saate daha çentik atarsınız. Kurşun kaleminizle seyir defteriniz bir an işler. Ama yeryüzü bir kere daha ayaklarımızın altında serili olsa bile, motorların o doğallık dışı sessizliği çevremizi sarsa bile, depoya dolacak yeni yakıt vardır, seyir defterinde doldurulacak yeni sayfalar vardır.

Bir pilot için dünyada en önemli şey uçmaktır. Bunu paylaşmak, bedeli ödenemeyecek bir armağandır. Genç pilotların zaman zaman atak ve hırçın hareketler yapmasının açıklaması da burada yatar. Köprülerin altından uçarlar, evlerin damına değecek gibi geçerler, tehlikeli sayılacak kadar alçaklarda uçaklarına taklalar attırırlar. Bu gençler askerî uçuş eğitim üslerinin başlıca kaygısını oluşturmaktadır, çünkü bu tür hareketler bir disiplinsizliğin ifadesidir, bazen bir öğrencinin, bir uçağın kaybına da yol açar. Ama o öğrencinin düşündüğü şey yine vermektir, neşeyi sevdikleriyle paylaşmaktır, gerçeği paylaşmaktır. Çünkü pilotlar bazen perdenin arkasını görebilirler. O kırmızı kadife perdenin. Hem insanoğlunun ardındaki gerçeği, hem de evrenin ardındaki gücü görüverirler.

O parlak iplikler dört milyar hayatı birbiriyle birleştirip dokumuştur. Arasıra adamın biri perdenin ötesinde bir tür parlaklık görür, döne döne o gerçeğin derinliklerine doğru uzaklaşıverir. Biz geride kalanlar onun gidişine bakarız, bir an için hayranlık duyarız, sonra kendi yerlerimize döner, kendi ipliklerimizin birbirini aştığı o parlak hayalimize gömülürüz.

Çünkü çoğu zaman uçaktayken bile görüşümüz kusursuz değildir. İcatlar ilerledikçe, kapalı pilot kabinleri, seyir aletleri, telsiz ve yeni elektronik ortaya çıktıkça, uçma sorunu artık pilotun bir kol boyu mesafede çözümleyebileceği düzeye inmiştir. Rotadan çıkmak mı? Bir ibre gösterir size onu. Hatayı gösterir, pilotun da onu göebilmek için tek yapacağı, üç inçlik bir cama doğru bakmaktır. Güzergâh üzerinde hava nasıl diye mi kaygılanıyor? Telsizde bir numara çevirip meteorolojiyi arar, uzmanların önerilerini alır. Uçak havada yavaşlıyor, bir duraklamaya doğru mu gidiyor? Ön panelde kırmızı bir ışık yanıp söner, bir uyarı kornası çalar. Çevredeki gökyüzüne, ancak güzellikleri görmeye vaktimiz varsa bakarız. Eğer görüntülerle uğraşmak istemiyorsak, kalkıştan inişe kadar dışarıya bakmak zorunda değilizdir. Böyle uçuşlar, uçuş simülatörlerinin böbürlene böbürlene, "Eğitimcimizi uçuşun kendisinden ayırd etmeye imkân yok," dedikleri tür uçuşlardır. Doğrudur da. Bir uçuşu, ön panelin kıpırdayan ibrelerine dikkat ederek geçirilen saatler zinciri olarak tarif edenler, asla ayırd edemezler. Tek eksik olan şey rüzgârdır. Güneşin sıcaklığıdır. Bulutların oluşturduğu kanyonlar, iki kanat ucundan yükselen o bembeyaz sarp duvarlardır. Yağmurun sesi ve dokunuşudur, yükseltinin dondurucu soğuğudur, sisli yatağına uzanmış mehtaplı denizdir, geceyarısı göklerinde hiç göz kırpmayan, buz gibi katı yıldızlardır.

Evet. Biplan. Bu daha iyi bir yol mu? Eğer Parks gereğinden yavaş uçuyorsa, ne uyarıcı kornalar vardır ne de yanıp sönen kırmızı ışıklar. Kontrol çubuğunda bir titreme, o kadar. Makineniz kontrol edilmek istemeyen bir makine haline dönüşüverir. Birdenbire kendisinin havadan daha ağır olduğunu anlayıverir. İnsan uyanık olmalı, o titreşimi hemen farketmelidir. Hep dışarılara bakmalıdır, çünkü uçuş demek dışarısı demektir, havanın içinden geçmek ve onu tanımaktır. Özellikle de tanımak.

Seyirde gözde gözlük vardır, yandan eğilip aşağıya bakılır ... dönüp duran rüzgârın gözüne. Demiryolu şöyle. Nehir geçişi şöyle. Ama göl ... buralarda bir göl olmalıydı. Belki de burun rüzgârından ...

Hava durumunu kontrol etmek sürekli yapılan bir şeydir. Bulutlar birbirine yanaşır, tek kitle olur, tepelerin üzerine doğru inerler. Eğri yağan bir yağmur. Oysa az önce yağmur yoktu. Ne yapacaksın, pilot, ne yapacaksın? Tepelerin ötesinde belki bulutlar seyrelir, aralanır. Ama belki de tepelerin ötesinde bulutlar daha da alçalıp çimenleri kucaklar, sırılsıklam eder. O tepeler, yanlış hesap yapan uçaklara ve pilotlara birer yeşil tabuttur. O serin gri sis gözlerinizin önüne indi mi, tepelere hiç güven olmaz.

Güneye dönüyoruz Parks'la ikimiz. Atlas okyanusu kıyısını izlemek niyetindeyiz. Kumsal geniş, sert ve ıssız. Duyulabilen sesler ancak rüzgârın, parçalanan dalgaların, çığlık atan bir martının, uçağın geçişinden hışırdayan havanın sesi. Hava tuzlu bir hava. Tuz fiskiyeleri pırpırın koca tekerlerine doğru sıçrıyor. Burada böyle, tekerlerimiz dalgaların başına değe değe, istersek yüz mil rahat rahat uçabiliriz. Eski uçucuların uyarısına, "Motor dururasa her an inebilecek bir yerde olun," uyarısına da uyuyor burası. Sağımızda geniş bir kumlu düzlük var. Bir pilot için yakında kara olması kadar güven verici bir şey yoktur. Yassı bir kara demek, her durumda huzur ve dinginlik demektir. Motora bir şey olursa, yükselti kaybedilmeye başlarsa, gök gürültülü fırtınalar koparsa, pilotun hiç kaygılanması gerekmez. Alçalmak için bir tur, burun hafif yukarı, ardından uçak da, pilot da, baskıdan ve sürekli hareket gereğinden arınmış tek zamana kavuşurlar. Çünkü yassı arazi üzerinde uçmak demek, baskı altında olmaksızın uçmak demektir, bir pilotun görüp göreceği en rahat uçuştur. İşte şimdi de bir ufuktan bir ufka kadar, göz alabildiğince uzanan o geniş Güney Carolina iniş plajını görüyorum karşımda.

Ama gariptir, pırpır kendini pek rahat hissetmiyor. Sanki burada bulunmaktan memnun değil. İçinde bir güvensizlik var. Önümüzdeki o sonsuz plaj şeridinin verdiği güveni bile sulandıran bir önlem duygusu. Ne terslik olabilir? Eh, ne de olsa ben henüz ona pek de alışmış sayılmadığım gibi, o da bana alışmış sayılmaz. Bu plaj üzerinde uçup tadını gereğince çıkarabilmemiz için daha birkaç saat uçmamız gerek.

Küçük bir koy, içinde yavaşça süzülen bir tek yelkenli. Direğinin üzerinden kükreyerek geçiyoruz, dümendeki kaptana çabucak el sallıyoruz, onun da el salladığını görmeye vaktimiz oluyor.

Artık karanın ve kumsalın görünüşü tanıdık. Biraz ilerde, sağda bir bataklık olacağını biliyorum. Nereden mi biliyorum? Harita insana böyle yakınlıklar sağlamaz, çünkü mürekkeple renkli çizgiler, iyice incelenip hayal gücü de kullanılmamışsa, mürekkep ve renkli çizgiler olarak kalır. Oysa bu tanıdık ... kumsalın kıvrımı, bataklık.

Elbette! Daha önce de gelmiştim buraya! Bu kumsalın üzerinden uçmuştum. Bu belirsizlik ve tanıma duygusu değişik bir bakış noktasından geliyor. Ben bu kumsal üzerinden, biplanın asla ulaşamayacağı, birkaç kat yükseklikte uçtum. Sekiz mil yükseklikte. Ve bu kumlara oradan bakıp, yer hızımın saatte altı yüz mil olduğuna sevindim. O da başka bir gündü, başka bir uçaktı. Güzel günlerdi o günler. On üç tonluk savaş uçaklarına yerleşip kemerleri bağlamak, turbin motorunun buram buram, kükreyen sıcağıyla birarada uçmak. Dosdoğru yukarı, sonra ses hızıyla dosdoğru ileri.

Güzel bir hayattı, evet. Savaş uçaklarının o korkunç hızına, o pırıl pırıl görkemine veda etmek de hüzün vermişti. Ben yine de koşullara kafamı sallamış, dizginleri teslim etmiş, meçmetreli, namlu mercekli günleri geride bırakmıştım.

Ama altımdaki araç ne olursa olsun, yüksek yer de her zaman yüksek yerdir. Pilot kabininin arkasında dönen bir türbin olacağı yerde önünde dönen bir pervane olmasının tek farkı, depodaki benzinin üç kat uzun süre dayanması, bunu anlıyorum. Bu sefer hızın efendisi değilim ama, zamanın efendisiyim, bu da yeni tür bir özgürlük.

Birdenbire aşağıdaki kumların üzerinde, pırpırın gölgesi altında, bir ev. İki ev. Beş ... denize uzanan bir ahşap iskele. Bir su kulesi ve bir de yazı : HİLAL PLAJI. İşte geldik. Yakıt alma ve sandviç yeme zamanı.

Ama o tedirginlik duygusu hâlâ var. Uçağın ahşabında ve brandasında var. Kontrol çubuğu da titriyor.

İniş pisti tek bir şerit. Sert yüzeyli bir pist. Su kulesine pek uzak değil. Rüzgâr deniz tarafından esiyor, pistin üzerinden asıyor. Bunun resmi adı, yan rüzgâr. Eski pilotların hikâyelerini duydum bu konuda. Asla yan rüzgârda iniş yapmayın, demişlerdi. Böyle bir şey yapmanın acı veren, pahalıya patlayan bir hata olduğu günlerin hikâyelerini anlatmışlardı.

Bir an hangi zamanda olduğumu unuttum. Bu havaalanı 1964'de güvenli ... ama ben 1929'da uçuyorum.

Haydi, pırpır, in bakalım. Parks gepgergin, kasılmış durumda. Onu biraz gevşetebilmek için dümen pedalını bir sağ, bir sol yapıyorum. O da bana o eski hikâyeleri hatırlatmaya çalışıyor. Bir yarış atı için alev ne demekse, onun için de yan rüzgâr o demek. Oysa ben onu mahmuzluyorum, sıcağa, alevlere doğru götürüyorum, kafamda yakıttan ve sandviçten başka bir şey yok.

Saatte seksen mille pisti hizalıyoruz. Kuvveti kıs ... Parks cansız gibi yere doğru süzülüyor. Kendini bu kadar ölü hissetmesine şaşırıyorum. Haydi, in şuraya, lküçük dostum. Bir dakikaya kalmaz, bir depo dolusu buz gibi kırmızı seksen-oktan içeceksin.

Tekerlekler saatte 70 mille betona dokunuyor ve kuyruk hâlâ yüksek durumda, yavaşlıyoruz. İniş şeridinin kenarları hâlâ bulanık. Sonunda kuyruk uçuş hızını kaybediyor, aşağıya doğru inip sert yüzeyde gıcırdıyor. Ve tabii kaçınılmaz olan şeyle yüzleşiyoruz. Saatte otuz mil hızla giden biplan, kendisinin de, benim de isteğim dışında, rüzgâra doğru dönmeye başlıyor. Bu dönüşe karşı aniden sert dümen kırışlarımın hiç etkisi olmuyor. Daha hızla rüzgâra doğru dönüyor. Öbür frene sıkı bas ... ama artık frenin yardımcı olabileceği zamanı geride bırakmışız. Yavaşça dönerken biplan'ı bir canavar yakalıyor, bir anda çeviriveriyor. Lastiklerin korkunç çığlıkları arasında dönüp pist üzerinde yan yan kayıyoruz. Bir çığlık daha, ufuk her yanda bulanıklaşıyor, sağ ana iniş takımından bir mermi sesi çıkıyor ve bütün bunlar yarım saniye içinde olup bitiyor. Ben pilot kabininde çaresizlik içinde oturup, uyuşmuş gibi öbür dümen pedalına asılırken bir tekerlek kırılıyor, uçağın altına doğru katlanıyor. Bir kanadın ucu o anda betona sürtünüyor, mavi yanık dumanları arasında kıvılcımlar, yongalar, yırtık brandalar fırlatıyor.. Tüm çevrem sürtünme sesleriyle ve haykırışlarla doluyken biplan'ı eski düşmanı olan o yan rüzgâr bir tek kere, fena halde sarsıyor.

Sonra da sessizlik. Yalnızca motorun soluması, ben düğmeleri çevirince çabucak can vermesi.

Seni budala.

Seni sersem taşkafa, pilotların yüz karası, et beyinli geri zekâ. Seni, akılsız, beyinsiz salak... parçaladın onu! Şu yaptığına bak, mankafa, çatlak! Pilot kabininden yavaşça iniyorum. Pek ânî oldu. Sırf o eski uyarılara kulak asmadığım için bir uçak parçaladım. Bin dokuz yüz yirmi dokuz, bugünle bağdaşamaz. İki ayrı dünya onlar. Sersem seni! Sağ teker kırılmış, uçağın altında yatıyor. İki yerinden kırık. Geri zekâlı! Sağ kanat parçalanmış, arka parçası çatlamış. Seni kafasız budala! 1929'u bugüne gelmeye zorladım, o zorlama da sağ ana iniş takımının karbon-çelik somunlarını kırmaya yetti. Onları kilden yapılmış yumuşacık silindirler haline getirdi. Seni işe yaramaz salak!

Motordan birkaç gözyaşı damlası halinde benzin damlıyor. Pistin üzeri çok sessiz. Yan rüzgâr şu anda içini çekiyor. Umurunda değil. Artık ilgisi de sönmüş zaten.

Havaalanı görevlileri çatırtıyı duymuş, hangardan doğru bir kamyonet ve bir vinçle geliyorlar, pırpırın burnunu kaldırıyorlar, onu dam altına sokmama yardım ediyorlar. Yok olan tekerleğin yarine, alta yüksek bir kriko sokuluyor, kırık iniş takımı sökülüyor.

Beni yalnız bırakıyorlar. Pırpırla başbaşa oturuyorum. Nedir alınacak ders, pırpır? Bu olaydan ne öğrenmem gerekiyor? Cevap yok. Dışarda gökyüzü kararıyor, daha sonra da yağmur başlıyor.

4

"Bu kadarcık mı olup bitenler?" Albay George Carr'ın sesi hangarın içinde yankılanıp çınlıyordu. "Evander'in konuşuş biçimini duyunca birinin CANINI yaktın anmıştım! Hay Allah, evlât, yarın öğlene kadar uçururuz seni!"

George Carr. Açık havanın meşinleştirdiği bir yüzü, gür kır saçları, nice takvimlerin ve nice uçakların gelip geçtiğini görmüş sıcacık bakan mavi gözleri temsil eden bir grup harf işte.

Bu sabah Lumberton'a telefon etmek hiç de kolay olmamıştı.

"Evander, ben Hilâl Plajındayım."

"İyisindir umarım," demişti Evander Britt. "Yeni uçağın nasıl uçuyor? Hâlâ seviyor musun onu?"

Açık konuşmasından ötürü minnet duymuştum. "Seviyorum, Van. Ama sanırım o benim için pek deli olmuyor."

"Bunu ne anlamda söylüyorsun acaba?" Telefon edişim onu bir terslik olduğundan kuşkulandırmış olabilirdi tabii. Ama şu anda artık emin olmuştu.

"Burada başıma bir iş geldi ... yan rüzgârda inmeye çalışırken. İniş takımlarından biriyle bir tekerlek kaybettim, kanatların da birini oldukça kötü parçaladım. Acaba sende bir yedek iniş takımıyla bir tekerlek var mı diye soracaktım." İşte, çıkarmıştım baklayı ağzımdan. Artık ne derse desin, hak etmiş sayılırdım. Söyleyebileceklerinin en kötülerini bile. Evet, her zerresini kesinlikle hak etmiştim. Dişlerimi sıktım.

"Yo ... olamaz ..."

Bir an telefonda tam bir sessizlik oldu, Evander uçağını yanlış adama vermiş olduğunu anladı. Gözükara bir gence ... henüz uçak uçurmayı, pilot olmayı öğrenmeye zaman bulamamış birine. Bu sessizlik hiç de hoş değildi.

"Şey." Yeniden konuşmaya başladığında sesi dostça çıkıyordu. Yardımcı olmaya, sorunlarımı çözmeye uğraşmaktaydı. "Yedek iniş takımım var olmasına var. Yedek kanat takımı da var gerekirse. Tekerleği de kırdın, öyle mi?"

"Sağ ana teker. Lastik kullanılabilir gibi ama tekerleğin zerre kadar şansı yok."

"Bende tekerlek yok. Belki Asheville'deki Gordon Sherman sana evine dönesin diye bir tane ödünç verir. Hemen telefon ederim, var derse arabaya atlar, gidip alırım ... Yoksa ne yapacağız, onu bilemiyorum. Bu büyük tekerlekleri bulmak, tavuk dişi bulmak kadar zorlaştı. Seni kapatır kapatmaz George Carr'ı çevireceğim. Parks'ın bütün mekanik işlerini o yapmıştı. Uçağın ruhsatını senin üstüne çıkaran da oydu. Parks'ı onarabilecek bir tek kişi varsa, o da odur. İniş takımıyla tekerleği onun arabasına yüklerim, atlar gelir oraya. Ben de gelirdim ama yarın sabah erteleyemeyeceğim bir duruşmam var. Uçağı bir hangara çektin mi sen?"

"Evet."

"O iyi işte. Burada biraz yağmur yağıyor ve bulutlar sizden yana geliyor. Islanmasını istemeyiz." Durakladı. "Bak, eğer Fairchild'ı geri almak istersen teklif benden."

"Sağol, Van. Uçağımı buldum artık ben. Şimdi tek gereken şey onu uçurmasını öğrenmem."

Üç saat sonra da George Carr, cam silecekleri sırılsıklam camda gıcırdaya gıcırdaya gelmişti.

"Şu aileron'un üzerindeki brandayı bir sıyırsana ... daha kolay ulaşabiliriz o zaman. Kanadın altındaki o desteği de çek ... yararı olur."

Albay mutlu mutlu çalışıyor. Bayılıyor uçaklar üzerinde çalışmaya. Ellerinin temasıyla onların yeniden hayata dönüşünü seyretmeyi seviyor. Şu anda elinde deri kaplı bir malayla, bükülmüş şafta vurup duruyor, onu düzeltmeye uğraşıyor. Güm, güm sesleri yankılanıp duruyor.

"... Pazarları benim eski Kreider-Reisner 31'i çıkarırdım eskiden. Yol kavşaklarına iniş yapardım. İnsanların çoğu yakından uçak görmemiştir, nerede kaldı içine binmek." Güm, güm, güm-güm. "Öyle işte. Bir süre oldukça iyi de para kazandım." Güm-güm-güm.

Bir yandan çalışırken bir yandan da konuşuyor, benim yeni tanımaya başladığım dünyayı anlatıyor. Pilotun kendi uçağını onarmaya her an hazır olmak zorunda olduğu bir dünyayı. Yoksa bir daha asla uçamaz. Albay bunlardan söz ederken sesinde bir nostalji yok, geride kalmış olan o günlere özlem falan da duymuyor. Sanki o günler daha geçmemiş, bitmemiş gibi konuşuyor. Sanki tekerleği pırpıra takar takmaz havalanıp bir kente yakın kavşağa, bir çayıra inecekmişiz, ömründe uçak görmemiş (nerede kaldı içine binmek!) insanları uçurmaya başlayacakmışız gibi.

"Galiba bu götürür seni." Dövülen aileron şaftı düzelmiş, hangarın beton tabanına yapışık yatıyor." Eskisinden sağlam. Soğuk işçilik, biliyorsun."

Belki de fazla geç kalmış değilim gerçekten. Belki öğrenmenin zamanı geçmedi daha. Ben uçakların dünyasında yetiştim. Kanatlarında beyaz askerî yıldızlar olan uçakların. Menfezlerinde flamasterle U.S. AIR FORCE yazılı uçakların. Hava Kuvvetlerinin 60-16 talimatı gereğince T.O.1-F84F-2 uçuş prosedürüne göre uzmanlar tarafından onarılan, her şeyin Evrensel Askerî Hukuk kontrolünde olduğu uçakların. Bunca talimatın içinde, pilotların kendi uçaklarını onarmasına izin veren bir tek kural bile yoktur, çünkü o iş teknisyenlerden kurulu özel bir orduyla o ordu mensuplarının elindeki seri numaraları ve iş klasifikasyonu ordularına ihtiyaç gösterir. Uçaklarla uçak parçaları zaten askeriyede pek nadiren onarılır. Onlar atılıp yerine yenileri konur genellikle. Telsiz sesi uzaklaştı da uçuş sırasında parazitlendi mi? İşte önlem : Onu at, yenisini tak. İniş takımı yere değdiğin anda çöktü mü? Klas 26 : uçak hizmetten çekilir.

Oysa burada George Carr, eski pilot, teknisyen George Carr, elinde deri kaplı malasıyla, bu eskisinden sağlam oldu diyor. Uçağın da, insanın da onarımının, ilk haliyle bir ilişkisi olmadığını öğreniyorum. Bu tümüyle işin yapılışında benimsenen tutuma bağlı bir şey. Sihirli cümle şu asıl : "O kadarcık mı sorun?" Çalışma tutumu da bu cümleye paralel gidiyor. O zaman onarım işi de bitiyor tabii.

"Gordon Sherman evine ulaşabilmen için sana kendi Eaglerock'unun tekerleğini ödünç veriyor. 'Vander Britt benim arabanın bagajına yükledi." Eğilip iniş takımı bacağının o ağır somunuyla uğraşıyor. " İstersen ... tekerleği ... benzinciye kadar götür çember çevirir gibi ... Bakalım yerine takabilirler miymiş!"

İşte bu kadar basit. Gordon Sherman sana bir tekerlek ödünç veriyor. Az bulunan, otuza beş alüminyum bir tekerlek. Şimdi yapılmayan bir tür. Otuz yıldır yapmıyorlar bunları. Bir daha da yapacak değiller. Hiç tanımadığım bir dosttan borç. Belki Gordon Sherman kendini benim yerime koydu, evinden bir kıta boyu uzakta, Eaglerock'una bir yedek tekerlek ararken neler hissedeceğini düşündü. Belki elinde fazla tekerlek var. Belki evinin bodrumu otuza beş alüminyum tekerleklerle dolu. Ama Gordon Sherman şu anda hiç görmediği bir dostun sessiz minnet ve teşekkürünü algılamakla meşgul ... ve o şükranı uzun süre hissedecek.

Albay George Carr, Güney Carolina'nın Hilâl Plajındaki hangarda, yeşil floresan ışıklar altında geceye kadar çalışıyor. Bir yandan çalışıp bir yandan emirler veriyor, ben de saatın 1.30'una kadar öğreniyorum. 1.30'da biplan onarılmış, uçuşa hazır durumda.

"Yarın onu Kuzey Carolin'ya uçurabilirsin," diye sırıtıyor, gecenin 1.30'unda insanların çok yorgun olması gerektiğini, bir anda uykuya dalmasının beklendiğini bilmiyor. "Ona son onarım rötuşlarını orada yaparız. Dükkânda biraz branda var. Zamk da var. Seni işe koşarız, zamklarsın."

İçinden şangırtı sesleri gelen, kaya gibi ağır âlet çantasını kaldırıp arabaya yüklüyor, kırık tekerleği onun yanına dikkatle yerleştiriyor, elini bir sallayıp karanlıkların içine doğru yola koyuluyor, Lumberton'a dönüyor. Bir özgüven eğitmeni, şu an için sahneden çıkmış bulunuyor. Ne olduğunu daha iyi öğreninceye kadar adına geçmiş zaman dediğimiz bir pencere de onunla birlikte sahneden çıkıyor. O evine varıncaya kadar ben çoktan hangarın tabanına uzanıp uyumuş oluyorum.. Bir saat boyunca yağmurun sesini dinlemiş, yalnızca iki bin altı yüz mil yolumun kaldığını düşünüp durmuş olarak.

Sabahleyin bir adet biplan, sarı brandasının orası burası kırmızı bantlarla yapıştırılmış durumda Hilâl Plajından havalanıyor, önce bir nehri, sonra bir otoyolu, sonra bir demiryolunu izleyerek Lumberton, Kuzey Carolina'ya iniyor.

Rüzgâra doğru dön, çimenlere değ, hangara doğru ilerle ... albay orada bekliyor ... brandayı ve tutkalı hazırlıyor.

Evander Britt bantlanmış kanadı incelemeye başladığında daha pervanenin dönüşleri bitmemiş bile. Britt elini yavaşça bantların üzerinden kaydırıyor, kırık kaburgaları hissetmeye çalışıyor.

"Şurada bir kırık kaburgan var, Dick."

"Biliyorum."

"Ayrıca bakıyorum ana iniş takımı yuvasına bir levha kaynaklamışsın. Çatlamış mıydı orası?"

"Azıcık. Somunun başladığı yere yakın, küçük bir çatlak. Levhayı kaynaklayınca, artık çatlamak istemeyecektir." Konuşurken omuzlarımdaki o suçluluk canımı acıtmıyor. Evander Britt susup uçağa bakarken acıtıyor.

"Eğer yeni bir değiştokuş yapıp Fairchild'ı geri almak istersen..."

"Evander, ben bu uçağı istiyorum ve ona hakkım olduğunu da biliyorum. İsterse bir yıl sürsün, isterse onu bir sandığa koyup taşımak zorunda kalayım, yine de California'ya uçuruyorum onu." Belki de söylemek için yanlış bir söz seçmiştim. Böyle bir başlangıçtan sonra, parçaları toplayıp sandığa doldurarak taşıma ihtimalim, onu uça uça, kendi gücüyle götürme ihtimalimden daha fazla olurdu. Avukatın acemi bir pilot elindeki uçağını tüm ülkede kovalamaktansa, onu sağ salim hangarına kapatmayı bin kere tercih ettiği ortadaydı. Hiç kuşku yoktu bu konuda. Hiç.

"Eh, eğer öyle bir şey istersen..." derken yapışkan bantlı kanada bir kere daha baktı. "Tanrım, telefonda sesin öyle acıklı geliyordu ki! Dünya o anda başına yıkılmış gibi."

"Pek mutlu değildim tabii. Enayilikti o rüzgârda inmeye çalışmak. Gerçekten çok budalaca bir haeketti."

"Eh, suçluluk duymayı kes, evlât. Olur böyle şeyler. Haydi, yürü. Kolları sıva, George'a yardım et de uçağı eskisinden iyi onarsın."

Ahşap ve brandadan yapılmış uçakların onarımını öğreniyorum. Albay bana A sınıfı pamuklu kumaşın nasıl kesileceğini, kenarlarının nasıl temizleneceğini, duru tutkalla kanada nasıl yapıştırılıp gerginleştirileceğini, nasıl kurutulup tekrar düzletileceğini gösterdi. Sonra bir kat duru tutkal daha, bir zımpara daha. Ardından renkli tutkal ve zımpara ... tekrar tekrar. Yamayı çevresindeki brandadan ayırdetmek mümkün olmayana kadar. Böyle birçok yamayı bitiriyoruz. Eskisinden daha sağlam. Vakit öğleni geçti, burnu batıya çevirip uçmanın zamanı geldi.

"Sana borcum ne, George?" Bu zor bir an. Ticaret ön plana çıkıyor, öğrenmeler, uçağın üzerinde birarada çalışmaktan doğan dostluklar arka kanepeye geçiyor.

"Doğrusu bilmiyorum. Aslında fazla bir şey yapmadım. İşin çoğunu kendin yaptın." Bir âlet kutusunu araştırıyor, piposuna tütün arıyor."

"Çok yaptım !!! Sen olmasan bu uçak hâlâ Hilâl Plajındaki hangarda yatıyor olacaktı ve hurdacılar gelip onu alana kadar da orada bekleyecekti. Borcum nedir?"

Bir hafta önce Wichita'da, Fairchild'ın kuyruk tekeri değiştirilmişti. Dört saat süren bu iş, işini bilen bir çağdaş teknisyen tarafından yapılmış, $90,75'e patlamıştı. Yedek parçalar, işçilik ve vergi dahil. Bu durumda, ezilip hareketsiz kalmış aileron şaftlarının yenilenmesi, ana iniş takımının bacağına yeni amortisör kordonları takılması, kaburga onarımları ve branda yamalarının üzerine yedek parça, işçilik ve vergi de eklenince kaça çıkmalıydı?

George Carr çekiniyor, bir garip davranıyor, ben yirmi dakika boyunca boyunca, ona sunacağım teşekkürlerin o günkü akşam yemeğini karşılayamayacağını, hattâ deposundan harcadığı tutkalla brandayı bile karşılayamayacağını. üstelik uykusuz kalıp bir de Hilâl Plajına kadar benzin harcamış olduğunu anlatmaya çalıştım.

"Sen bir rakam söyle o halde," dedi. "Ne dersen bence kabul."

"Biplan'larda neyin nerede olduğunu bilen bir teknisyen bulabildiğimi varsaysak ... bana herhalde beş yüz dolara patlardı."

"Saçmalama."

"Saçmalamıyorum. Sen uçak onartmak için en son ne zaman normal bir ücret ödemek zorunda kaldın, George? Dünyanın en iyi teknisyenisin ama en kötü tüccarısın. Haydi, çabuk ol. Güneş batmadan yola koyulmam gerek. Sana bir şey vermeden gidemem. Öyle bir şey yaparsam, sabah uyandığımda aynada kendi yüzüme bakamam. Ciddiyim. Ve gerçekten de çok üzgünüm."

Odanın karşı köşesinden zayıf, utangaç bir ses geliyor. "Otuz kırk dolar çok mu olur?"

Bir süre daha tartışıyorum, fiyatı adım adım yükseltiyorum, elli dolara kadar varabiliyorum. Cebimde bu yolculuğu batı kıyısına kadar götürmeme ancak yetecek bir para kalıyor. Ama yine de kendimi, çevresindeki iyi yürekli insanları sömüren, onları itip kakan, genç ve şımarık bir derebeyi gibi hissediyorum. Bir yandan da, elimde olmadan bir günah işlediğimi biliyorum.. Çünkü George Carr'la ikimiz aynı tür makineleri seviyor, aynı sevinçleri paylasıyoruz. O biplan'ın üzerinde birlikte çalıştığımız kısa süre içinde ikimizin de değerli birer dost edindiğimize inanıyorum. Hangi dost dostuna bir dostluk için para teklif eder? Oysa ötekiler, benim dostum olmayan o tüccar onarımcılar, parayı rahat rahat istemiş, bol bol da almışlardı. Hak değil bu.

Biplan'ın motoru iyi çalışıyor, çabucak rüzgâra doğru havalanıyor. Hangarın yanındaki çimenlerden bana el sallayan iki kişinin üzerinden son kere geçerken kanatlarımı sallıyorum, pırpırla ikimiz burnumuzu bir kere daha güneşe doğru çeviriyoruz, yükseliş için çizdiğimiz yayı düzleyip, hareketsiz ufukla çarpışmak üzere uçup gidiyoruz.

Kaç kere çarpıştın, güneş? Yüksek odaklı beyaz sıcaktan ayrılıp o soğuyan yayı çizerek bu akşam düşeceğin vadiye kaç kere düştün? Dünyanın her yanında da habire güneş doğuyor, yeni bir gün başlıyor.

Güneş ufka doğru bir derecenin onda biri kadar daha yaklaşıyor ve ben de uçuyorum. Güneşi kucağına alacak gibi gözüken vadi küçük bir göl oluyor. Baştan başa altın. Altın gökyüzünün bir aynası. Derken ormanın ağaçları ortaya çıkıyor, güneşin son istirahatgâhında nöbet tutmaya hazırlanıyor. Eğer gökyüzünde kıpırdamadan durabilsem, güneşin gerçekten o vadiye, o göle, o ormana girmekte olduğuna ben de inanırdım. Ama pırpır nasıl çabucak yeni hayaller yaratabiliyorsa, eski hayalleri ortadan kaldırmakta da bir o kadar hızlı.

Şimdi üzerinde uğraştığı hayalde, motor ebediyen çalışacak. Dinleyin: 1-3-5-2-4, tekrar tekrar, tekrar tekrar. Şu anda bir tekleme olmazsa, hiçbir zaman da olmayacak. Ben güçlüyüm, güneş doğup batmaktan yorulana kadar çevirip duracağım parlak pervanemi.

Toprak kararmaya başlıyor. Yeryüzü bir tek düzgün gölge havuzu. Pırpır kendisinde seyir ve iniş ışıkları olmadığını bana bir kere daha hatırlatıyor. Fener bile uzanamayacağım yerde ... ön kabinde.

Amma güzel iş! Gündüzü hayaller kurarak geçir, kendine geldiğinde etrafı kapkaranlık bul. İnecek bir yer bul, evlât, yoksa yeni onarımlar çıkar. Dakikada 1740 devirle giderken elli iki galon benzin insana beş saat altı dakika yeter. Bunun da anlamı, sadık motorumun üç saat yirmi dakikası kaldığı yolundadır. Beş silindirli yoldaşımla onun o güvenilir bıçağı dönmeyi kestiğinde, San Fransisco'da güneş batıyor olacak ... Cakarta'da da doğuyor olacak. Ondan sonra belki yirmi beş dakika boyunca bir planör uçuşu, ardından da dünyanın sonu. Çünkü gökyüzü tek dünyadır. Bir uçak için gerçekten tek dünyadır. O uçağı uçuran insan için de. Bütün o çiçekleriyle, denizleriyle, dağlarıyla ve çölleriyle bildiğimiz diğer dünya ise, uçak ve gök adamı için ölüme açılan kapıdır ... meğer ki yavaşça, çok büyük bir dikkatle dönsünler de nereye dokunmakta olduklarını görsünler.

Artık inmek zamanı. Görüş büsbütün kaybolmadan. Bir bakalım. Şu yanda, rüzgârın tarafında, rengi koyulmakta olan birkaç çayır var, ardında bulmaca kareleri gibi desenli siyah çam ormanları, küçük bir kasaba. Şuna bakın hele ... bir havaalanı ... rengi beyazlaşıyor ... yeşilleşiyor ... karanlığın içinde çift sıra beyaz ışıklar, pist ışıkları. Haydi gel, uçağım, bu gece inip yerde uyuyalım.

Yarın büyük bir gün olacak.

5

Sabah. Yine güneş. Ve beni koruyan kanatların arasından işleyen taptaze yeşil bir rüzgâr. Serin bir rüzgâr bu. Ormandan daha demin çıkmış. Üstüme saf oksijen esiyor sanki. Ama uyku tulumunun içi sıcacık. Bir anlık uyku daha çalmaya vakit var. Uyuyup rüyamda ilk defa uçakla uçtuğum o sabahı görüyorum... Sabah, güneş, yeşil ve taze bir rüzgâr. Yavaş yavaş kıpırdıyor, hışırdıyor, kıvrılıyor, zümrüt çimenler üzerinde bekleyen küçük uçağın hafif madeni gövdesini rahat bir hareketle okşuyor.

Zamanla rölatif rüzgârı, sınır düzeyini, Mach 3'deki termal çalılığı da öğreneceğim. Ama şimdilik henüz bilmiyorum. Rüzgâr benim gözümde yalnızca rüzgâr. Yumuşak ve serin. Uçağın yanında bekliyorum. Bir dostun gelip bana uçmayı öğretmesini bekliyorum.

Havada ilerdeki kasabanın sabah sesleri de var. Onlar da erken sabah rüzgârıyla birlikte fısıldaşıyor. Ne çok şey kaybediyorsun, ey kent vatandaşı. Bu kelimeler dumanlı bir düşünce olarak geçiyor kafamdan. Beton kabuğunun içinde güneş tepelere yükselene kadar uyu, şafağı kaçır. Serin rüzgârı, deniz kabuğu seslerini andıran o kasaba uyanışı seslerini, uzun ve nemli çimenlerin oluşturduğu halıyı, erken rüzgârın yumuşak sessizliğini feda et. Bekleyen soğuk uçağı, sana uçmayı öğretmeye gelecek adamın ayak seslerini de feda et.

" ...'naydın."
"Merhaba."
"Şu yandaki ipi çöz, olur mu?" Yüksek sesle konuşmak zorunda değil. Sabah rüzgârı, insan sesine rakip olamaz.

Uçağı bağlayan ip nemli, cildi acıtacak kadar da sert. Onu madeni halkadan çektiğimde, çıkan ses sabahın içinde yankılanıyor. Simgesel bir şey bu. Bir uçağı yerden yok etmek.

""Bu sabah işe hafiften başlayalım. Sen rahatına bak, uçağın verdiği duyguyu tad. Dümdüz uçacağız, birkaç dönüş yapacağız, biraz manzarayı seyredeceğiz...''

Pilot kabinine yerleştik, ben güvenlik kemerini kucağımda nasıl tokalayacağımı öğrendim. Ön panelde insanı şaşırtacak kadar çok gösterge var. Sessiz dünya, kabinin madeni kapısının dışında kalmış, o kapı da metal kanatlı, lastik tekerlekli bir varlığa takılı ... dümen pedallarında bile yazılar var. Luscombe diye yazılı pedallarda. Yazılar eskimiş. Zaten de tarafsız bir kelime. Ama yine de, dökülürken kalıbına heyecan ve heves bulaşmış. Luscombe. Bir tür uçak. Bu acayip, yabancı, heyecan verici kelimenin tadına iyice bakmalı. Luscombe.

Yanımdaki adam o şaşırtıcı panelin bazı düğmeleri arasında bir takım küçük hareketler yapıyor. Hiç de kafası karışmışa bnzemiyor.

"Açık."

Ne demek istediği hakkında zerre kadar fikrim yok. Açık. Niçin açık diyor?

Bir tokmağı çekiyor. Bir yığın tokmak arasından bir tanesini seçip onu çekiyor. Ve işte sessiz şafağımın sonu.

Metalin metale, dişlinin dişliye sürtünmesinden çıkan o sert gıcırtılar, küçük bir elektrik motorunun koca bir motor metalini ve pervane ç. liğini çevirmesinin gürültüsü. Otomobil motorunun başlama sesine benzemiyor bu ses. Uçak motorunun başlama sesi. Sonra, sanki gizli bir düğmeye basılmış gibi motor çalışmaya koyuluyor, peşpeşe benzin patlamalarıyla ve ateşlemeleriye sessizliği parça parça ediyor. Bu gürültüde nasıl düşünebiliyor bu adam? Şimdi ne yapması gerektiğini nasıl biliyor? Pervane birkaç saniye boyunca bulanıklaştı, sabahın ilk güneşinde parıldayan bir disk oldu. Mistik, parıltılı bir disk, ilk ışıkları yakalayıp bizden kendisini izlememizi istiyor. Lastik tekerlerimiz döne döne bizi geniş, çimenli bir yolun üstünden yürütüyor, parketmiş duran, yere bağlanmış, ölü ve sessiz uçakların önünden geçiriyor. Bu yolun sonunda kendimizi enli, dümdüz bir pistin başında buluyoruz.

Adam frenleri tutup bir levyeye dokunuyor, gürültü dayanılmaz hale geliyor. Bu uçağın bir bozukluğu mu var? Uçmak bu mu? Koltuklarımıza kayışlarla bağlı, kabinin içinde sıkışmış, akıp giden desibellerin saldırısı altındayız. Belki de hiç uçmasam daha iyi olacak. Luscombe garip bir kelime. Küçük uçak demek. Küçük, gürültülü ve metalden yapılmış. Bu mu uçuş rüyası?

Ses bir an ölüyor. Adam bana doğru eğiliyor, ben de sözlerini duyabilmek için ona yanaşıyorum.

"İyi görünüyor. Hazır mısın?"

Başımı sallıyorum. Hazırım. Bari yapıp bitirelim şu işi. Bana eğlenceli olacak demişti. Bu sözü, arasıra kullandığı o yumuşak sesle, gülümsemesini gizler gibi söylemişti. Ağzından çıkanlara gerçekten inandığı zaman yapardı bunu. Ben de o yüzden gelmiştim. Rahat yatağımdan sabahın beşinde kalkmış, ıslak çimenleri, soğuk rüzgârı seçmistim. Bari yapıp bitirelim de bir daha beni uçuş hikâyeleriyle rahatsız etmesin.

Levye yine öne itiliyor, gürültü dayanılmaz oluyor, ama bu sefer frenler serbest bırakılıyor, küçük uçak Luscombe ileri atılıyor, bizi pistin üzerinde koşturuyor.

Gökyüzüne.

Gerçekten oldu. Koşuyorduk, dönüp duran o ışıklı bıçağı izliyorduk, sonra birdenbire ... artık koşmuyoruz.

Bir milyon uçağın uçuşunu seyretmiştim. Bir milyon uçak ... beni hiç etkilememişti. Şimdi bir ben varım, bir de uzaklaşan o yeşillik ... yeryüzü. Beni yeşillikten ve sessiz yeryüzünden ayırıyor bu. İncecik, gözle görülmez, üflenebilen, solunabilen hava. Bin fitlik hiçlik.

Ya gürültü? Hafif bir uğultu yalnızca.

İşte! Güneş! Evlerin damları pırıl pırıl. Bacalardan dumanlar yükseliyor.

Metal ? Harika metal!

Bak! Ufuk! Ufkun ötesini görebiliyorum! Dünyanın en ucunu görebiliyorum!

Uçuyoruz! Tanrım *uçuyoruz!*

Arkadaşım beni seyrediyor ve gülümsüyor.

Rüzgâr uyku tulumumun kapağını oynatıyor, güneş ufka varmış bile. Saat 6.15. Kalkma, yola koyulma zamanı. Rüzgâr yalnız serin olmakla kalmıyor, basbayağı soğuk. Soğuk! Oysa ben güneyde bahar bir şafaktan öbür şafağa kadar hep ılık gider sanıyordum. Buz gibi uçuş tulumunu giy, buz gibi çizmeleri ayağı-

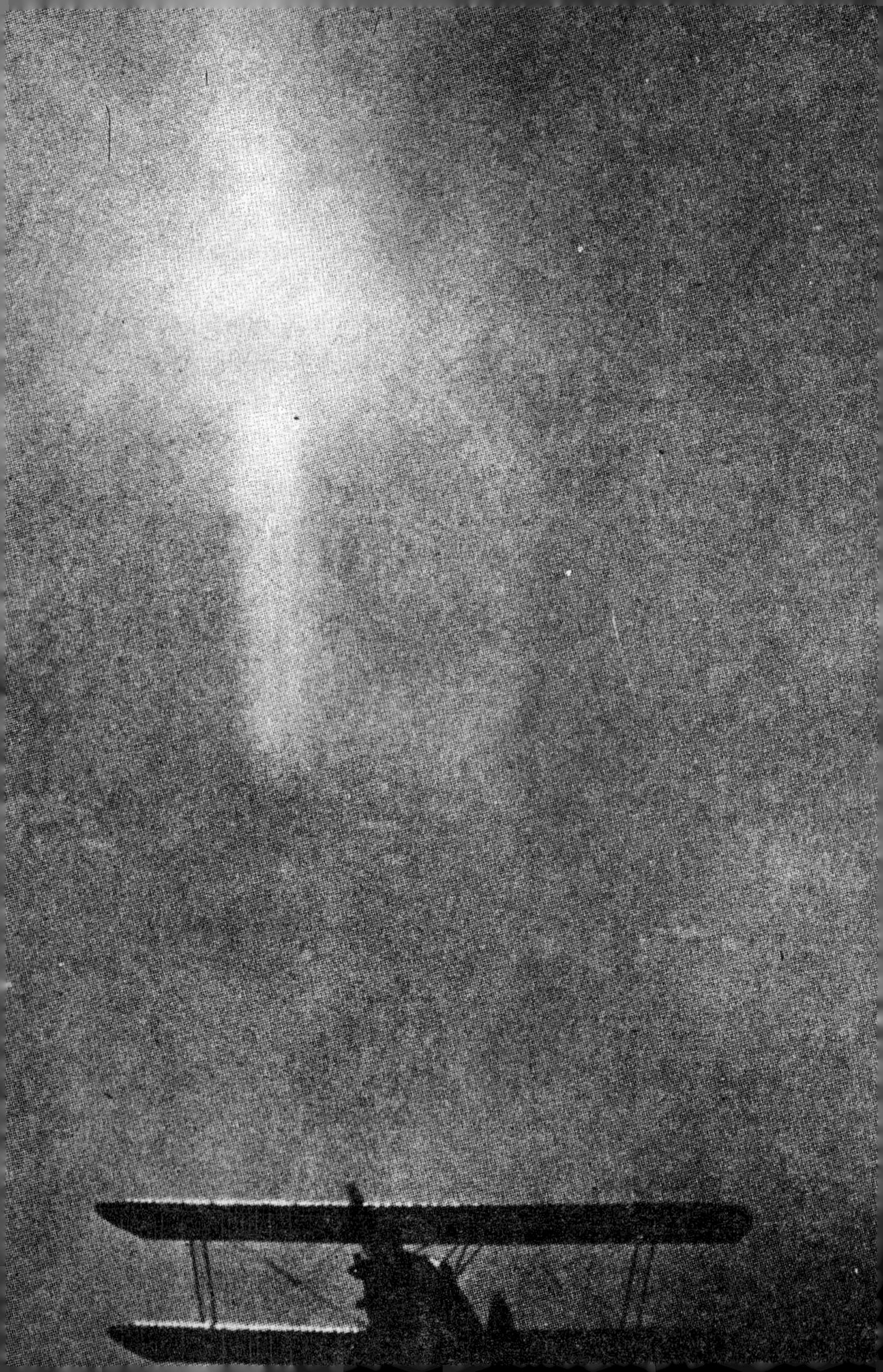

na çek, buz gibi deri ceketi ilikle. Havaalanı çevremde pek kapanık, pist ışıkları da hâlâ yanıyor. Kahvaltı bir sonraki durakta. O halde motoru çalıştırma, ısınma zamanı. İnsan uçuştan önce hep ısıtmalı bu eski motorları. Yağlarının soğuğunu silmek, kontrollerine canlılık getirmek için yerde bir on dakika çalışmaları şart.

Soğuğa rağmen, motoru çalıştırmak günün çok güzel bir zamanı olur. Her zamanki sıralama : Pervaneyi beş kere çek, yakıt valfını aç, karışım iyi, yedi kere yakıt ver, pervaneyi iki kere daha çek, manyeto düğmesini aç, levyeyi pompala, starteri krankla, tekrar pilot kabinine koş, starteri aç, çıkan egzosu yut, süzgeçten geçmemiş, buz gibi, gümbür gümbür motor kükremeleri küçük havaalanının sessizliğini yine parçalasın.

Uçmaya başladığımdan bu yana geçen bir avuç yıl boyunca kaç kere uçak motoru çalıştırmışımdır? Kaç uçağın motorunu çalıştırmışımdır? Kaç biçimde, kaç türlü sesle ? Ama hepsinin altında akan yine aynı nehir. Bunlar hep aynı simgenin anlamları.

"Açık!"

Starter tokmağını çek, pervaneyi, tökezleyen, bulanık bir disk haline getir. Primer tokmağını bastır. Egzos bacalarından mavi bir dumanla bir ses fırtınası boşalıyor. Bu dumanı bir mikroskop altınca inceleseniz, içinde minicik yanmamış yağ damlaları bulursunuz. Sesi bir osiloskopta inceleseniz, hızla değişen bir dünyayı sert, keskin çizgiler halinde referans ızgarasında görüverirsiniz. Ama her iki alet de bir uçak motorunun çalışmaya başlamasındaki esası yakalayamaz. O esas ... gözle görülmez, motoru hayata getiren düğmeler bankasını kontrol eden kişinin düşüncelerindedir. Pervaneyi çevir, yağ basıncına bak, motorun ısınmasını bekle. Bir iki dakika için 900 devir kadar. Levyeyi it, tekerleklerin dünmesini sağla. Belkeyen kalkış pistine ilerle.

Uçuş tarihinde bu sıralamaya kaç kere uyulmuştur? Daha ilk günlerde, motorun çalışmaya başlaması, yer ekibi için kendilerini sabitleştiricinin üzerine atmaları, frensiz uçağı yakalamaları ve pilot elini sallayana kadar öylece tutmaları sinyali sayılmıştır. Savaş güneşinin parladığı günlerde, motorun çalışmaya başlaması kükreyen bir doruktu : "Biri çevir ...Biri ele ..." ve ardından inert starterin uğultusu. Bir sonraki aşama, arasıra yer ekibinin kontrol listesinde arasıra yumuşak mırıltı sesleri gibidir, çalışan bir motorun gözle görülen tek belitrtisi de, kuyruk borusu ısı ölçeri ibresinin hızla tırmanması, türbinlerden ilk sıcak titreşimlerin gelmesi olur.

Ama herkes için, uçan her bir kişi için, motorun çalışmaya başlaması bir yolculuğun başlangıcıdır. Eğer uçuş romantizminin bir nebzesini arıyorsanız, motorun ilk dönmeye başlayışına dikin gözünüzü. Havacılık tarihinin hangi noktasını seçerseniz seçin, hangi tür uçağı ele alırsanız alın, bu işte koca bir romantizm kitlesi, bir görkem ve bir büyüklük vardır. Pilot, kabininde kendini ve uçağını hazırlar. Türlü dillerde, yüz değişik terimle, "Çık!" demek olan işaret gelir.

'AÇIK!"
"KONTAK!"
'... Biri ele."
"...Okey. Biri başlat."
"Sol açık."
"Işık söndü."
Gökte yeşil bir ışık.
Bir savaş liderinin parmağının, havada küçük bir daire çizmesi.
'PİLOTLAR. MOTORLARINIZI ÇALIŞTIRIN.'

"Vur."
"Haydi."
Kocaman kara pervaneler birdenbire dönmeye başlar. Dış güç taşıyıcıları sendeler, ânî amper yüklemesi karşısında hemen hemen ölürler. Şotgan gibi starterlerin patlamaları. Tıslamalar, basınçlı hava starterlerinin yerleri sarsan sesi, el kranklı inert uçuş tekerlerinin çatırtısı, iniltisi. Empüls manyetolarının çat çat sesi. Dış havanın, havayla çalışan türbin starterlerine gerisingeri kükreyişi. Kare uçlu türboprop bıçaklarının yavaştan, yumuşak biçimde hızlanışı.

Hareketsizlikten harekete. Ölümden hayata. Sessizlikten yükselen gümbürtüye. Ve bunların hepsi de bir yolculuğun başlangıcıdır ... her pilot kabininde oturan her insan için.

Kim istese, sesi ve görkemi, mavi dumanı ve kükremeleri bulabilir. Öncülerin torunları, el sürülmemiş bir sınırın aşılmasına yas tutmak zorunda değiller, o sınır başlarının yukarısında sessizce bekliyor. Kısa zamanda öncünün bir parçası haline gelen makinenin neye benzediğinin hiç önemi yoktur. Belki emir almış uçuyordur, belki Başkan'ın imzasını taşıyan emirle özel görevdedir, ses hızının iki katıyla yirmi bin kiloluk bir maden kitlesini, bir inç kalınlığında camlarla korunmuş durumda uçurmaktadır, pilot kabininin içi de yapay bir atmosferle doludur.

Askeri düzenin sınırlamalarına rağmen, o kişi yine de kendi özgürlüğünü tadacak, kendi gökyüzünü seyredecektir. Ya da belki yalnızca arzunun ve vicdanın emri altında olabilir, ikinci bir otomobil yerine satın aldığı uçağın içinde olabilir, saatte yüz mille, rüzgârdan sekizde bir inç kalınlığında pleksiglas'la korunmuş durumda, hattâ belki de bir deri miğfer ve gözlüklerle korunmuş durumda gidiyor olabilir.

Bu yolculuk on binlerce kere yapılmıştır. Bıraktıkları iz, Montgolfier, Montgomery, Wright gibi imzaları taşır, ardından Lincoln Beachy ve Glenn Curtiss, sonra Earle Ovington, Jack Knight gelir. Her gelen o yolu biraz düzleştirmiş, biraz genişletmiştir. Yerden yükselip uçuş rüyasında bir saat geçiren herkes. Ama yine de, insanoğlunun havalarda dolaştığı milyarlarca saatten bir teki bile gökyüzünde bir iz bırakmış değildir. Dümdüz göklerde, peşimizde ufacık bir hava dalgalanması bırakarak uçarız. Uçağımız geçince gök yine düzlenir, geçişimizin izini dikkatle örter, her zamanki sessiz boşluğa dönüşür.

Öyleyse seslen *"Açık!"* diye, starter çalışsın. Mavi dumanları solu, tekerlekleri döndür. Yağ basıncı, ısı, valf, yakıt, sonra flapları kalkışa ayarla. Pervane devirlerini kırmızı çizgide titreyecek düzeye getir, sesin ve parlak görkemin denizine dal. Sen de o yolu sürdür, yalnız yolculuğuna koyul.

Bugün işimiz mesafeleri dev adımlarla aşmak, güneş o yarışı bir kere daha kazanmadan önce batıya doğru gidebildiğimiz kadar gitmek.

Hızlı bir motor denemesi, evden uzaklarda bir motor kontrolunun yine iyi sonuç vermesinin yarattığı güzeli duyguyu yaşa.

Levye ileri, erken saatlere özgü bir toz bulutu ve bir kere daha havadayız. Aşağımızda fışkırıp yeşillenen ilkbahar ağaçları ... yol temposuna giriyoruz, ancak hareket halindeyken mutlu olabilen diğer makinelerin ve diğer insanların neşesini paylaşıyoruz.

El kontrol çubuğunun üzerinde, kaldırıcı gücü ve dümen pedallarını deniyor, parmaklar manyeto düğmesinde, ses, *"Kontak!"* diye bağırıyor ... bunların herbiri, bin yıl önce kaybolmuş ufukları arayan birinden parçalar.

"Bu sefer," diye bir düşünce geçiyor. "Belki bu sefer." Arayış, hep arayış. Düzenli uçuşlarda, 388 uçuş numarasıyla her gün aynı yerlerden geçen, jetin kabininde kalabalık insan grupları taşıyan uçuşlarda olsun, spor uçakların pilot kabininde olsun, gezginin gözleri hep saklı bir şey arar; kimsenin dikkat etmediği Elysium'u, henüz keşfedilmemiş mutluluk vadisini görmeye çalışır. Arasıra gezgin bir dikleşir, parmağıyla yardımcı pilota aşağıdaki bir şeyi gösterir, daha iyi görüş sağlamak için kanadı aşağıya eğer. Ama otlar hiçbir zaman yeterince yeşil değildir. Şu su kenarındakiler yaban otudur, çayırla nehrin arasındaki de çorak bir şerittir. Arada sırada onun kafasındaki ideal, gökyüzüne yansır. Bazen bir anlık bir kusursuzluk gerçekleşir: sert ve parlak bir gökyüzüne karşı bulut kitlesi de sert ve parlak görünür. Rüzgâr ve bulut ve gök; kusursuzluğun ortak paydası olan ebedî şeyler. Yeryüzünü değiştirebilirsiniz. Çimenleri söker, tepeleri düzletir, hepsinin üzerine bir kent döküverirsiniz. Ama ya rüzgârı sökmek? Bulutu beton içine almak? Gökyüzünü bir tek adamın kafasındaki biçime göre kıvırmak? Asla.

Bir amaç arıyor, başkasını buluyoruz. Gözle görüleni arıyor, bulabilmek için kusursuzluğun cilalı anısına sarılıyoruz, gökyüzünde on, yüz, bin saat gezdikten sonra da bambaşka bir kusursuzluk keşfediyoruz. Bir neşe diyarına doğru yolculuk yaparken, aramalarımız sonucunda bizden önceki pilotların da görmüş olduğu şeyleri buluyoruz. Onlar yüksek yerlerdeki yalnızlıktan söz ederlerdi, biz de yalnızlığı buluyoruz. Fırtınalardan söz ederlerdi, fırtınalar da orada, hâlâ meydan okuyor. Yüksekteki güneşten, karanlık göklerden, yıldızların yerdekine göre çok daha parlak oluşundan söz ederlerdi, bunların da hepsi hâlâ böyle.

Şu anda o eski pilotlardan biriyle konuşabilsem ya da onun 1929'da yazı yazdığı bir defterin sararmış sayfalarını bulsam, bana güneyde yaptığı uçuşları, Columbia - Güney Carolina'dan

Augusta-Georgia'ya gelişini nasıl anlatırdı? Demiryolunu izlemek dünyanın en kolay şeyidir, derdi. Ama Columbia'dan çıktığınızda demiryolları öyle karışır, öyle delice kıvrımlar yapmaya başlar ki, bulmacayı çözüp de Augusta yerine Chattahoochee'ye, Mirabel'e, Oak Hollow'a uçmamak için çok keskin gözlere sahip olmak gerekir. Yanlış rayları izlerseniz soluğu hiçbir yerin ortasında alırsınız, nasıl geriye dönebileceğinizi de zerre kadar bilmezsiniz.

Doğru da. *Baksanıza* şu aşağıdaki raylar karmaşasına! Belki şu çevrelerde bir iki hava molekülü, o adamın pervanesinin parıltısını hatırlıyor olabilir, simdi benim duyduğum kaygılara kıkır kıkır gülüyor olabilir. Aradan bunca zaman geçtikten sonra aynı sorunla karşılaşıyorum diye. Her ikimiz de şu aşağıdaki labirentin içinden doğru yolu bulmak zorundayız, hem de tek başımıza bulmak zorundayız. O ne yaptı bilemem ama ben ilerlere bakıp bir gölün ok gibi sivri ucunu görmeye çalışıyorum. Niyetim oraya uçup demiryolunu oradan başlayarak izlemek. Yani tek seçenek kaldığı zaman. Keşke o adam da şimdi hâlâ var olsaydı. Belki onun daha iyi bir yöntemi vardı. Keşke aşağıya baktığımda onun Jenny'sini ya da J-1 Standard'ını şu çifte rayın paralelinde uçuyor görebilsem. Ama bu sabah yoluma yalnız başıma devam ediyorum ... ya da gözlerimin görebildiği kadarıyla yalnız başıma. Tarih de, gelenek de, yaşlı moleküller de her an burada, çevremde. Eski pilotlar göklerin soğuk olduğunu, pilot kabininde donduklarını söylemişler. Şimdi anlıyorum ki, güneyin o kadar soğuk olamayacağı inancı bir süre onları sıcak tutmayı başarmış. Ne de olsa, insanlar kuzeyin kışlarından kaçabilmek için buralara geliyor. Ama en azından, savaşlar geride kaldı artık, öğrenilecek ders öğrenildi. Güney Carolina'da ilkbahar sabahları korkunç soğuk olabiliyor ... kaskatı, buzları dondurucu bir soğuk. Eski pilotların ön camın verebildiği korumaya sığınmak için oldukları yerde iki büklüm oturduklarını, ayaklarını habire öne arkaya kıpırdattıklarını, bu yolla soğuğu birazcık denetim altında tutmaya çalıştıklarını okudukça gülümsememi tutamazdım.

Artık gülümsemiyorum. Güney Carolina göklerinde kendime göre bir teknik de ben geliştiriyorum. Kasıntılık edip de, bu teknik daha önce buralarda, bu göklerde hiç denenmedi diyemeyeceğim. Herhalde ilk pilotların da yüzlercesi denemiştir. Ön panelin orta yerindeki bir şaftta dev gibi bir hayalî krank vardır. Onu çevir. Sağ eldiveninle yakala, daha hızlı, daha hızlı çevir, durup geri çevir, sonra sol eldiveninle yine aynı yöne, daha da hızlı çevir. Eğer o krankı yeterince uzun süre ve yeterince hızlı çevirebilirsen, soğuktan donup morarmanı kıl payı önleyebilir. Ve kendini öyle yorgun hissedersin ki, buz tutmuş gövdenin yan tarafından aşağıya bakıp rüzgârların seni nerelere sürüklemekte olduğunu anlamaya halin kalmaz.

Güney Carolina'nın güneşi, donmak üzere olan pilotun artık bu çılgınlığa son verip iniş yapmaya, ısınmak için bir ateş yakmaya karar vermesinden tam bir saniye önce, havayı ısıtmaya karar verir. İçi kürklü deri ceket, yün uçuş tulumu, tavşan kürkü eldivenler zerre kadar yardımcı olmaz. Son anda devreye girip bir fark yaratabilen tek şey güneştir, bir milyar BTU'yu dünyaya doğru yollar, havayı yavaş yavaş, ama çok yavaş ısıtmaya koyulur. Eski pilotlar ... şimdi her neredeyseniz, size Güney Carolina ilkbahar sabahlarının tıpkı bıraktığınız durumda olduğunu bildirebilirim.

Motor bir arıza yaparsa diyeinebilecekleri bir yeri sürekli olarak ararlardı. Ben de sürekli olarak arıyorum. Bu da yok olmuş eski âdetlerden biri. Modern bir uçak motorunun uçuş sırasında arıza yapması bugün astronomik paydalarla ifade edilen bir yüzdeyi ancak tutturur. Tam pilotun inecek neresi var diye aradığı sırada motorun arıza yapması ihtimali, bilinen matematiğin sınırları dışındadır. Yani türlü söylentiler bir yana, modern uçağın mecburî iniş yapması diye bir şey asla uygulanmamaktadır. Madem ki motor hiç arıza yapmıyor, ne diye zahmet etmeli ki? Tornavida dönüşler ve onlardan kurtulma yöntemleri yıllardır öğretilmiyor bile. Artık acemi pilotların uçağı öyle bir duruma eliyle sokmasını önlemek için uyarıcı ışıklarımız, kornalarımız var. Uçak hiçbir zaman böyle dönmeyeceğine göre, bundan kurtulma yöntemlerini ne diye öğretmeli? Aerobatik öğretmenin anlamı ne? Uçağı diklemesine dönüşlere geçmiş ya da ters dönmüş bir pilotun böyle bir yöntemi bilmekle canını kurtarması ihtimali öylesine az ki. Çünkü insan aşırı türbülanslı ortamın içine doğru uçmadıkça ya da bir jetin bıraktığı izin içinden geçmeye kalkışmadıkça, uçağın yumuşak bir meyilden fazlasıyla karşılaşmayacağı ortada. Hem zaten modern uçakların çoğuna da aerobatik ruhsatı verilmez.

Eski beceriler bitmiştir artık. Hızınızı anlamak için boşuna rüzgârı dinlemeye kalkışmayın. Göstergenin ibresine bakın, inşallah doğrudur diye dua edin. Yükseltiyi görmek için uçağın yanından başınızı uzatıp aşağıya bakmayın. Altimetreye güvenin ve her uçuştan önce onun yeni baştan doğru dürüst bir ayarını yapmayı unutmayın. Uygun zamanlarda, uygun ekranlarda uygun sayıları görmek için ayar yapın, elinizde birinci sınıf bir kanatlı otomobil bulursunuz.

Ama acı duygular beslemeye de gerek yok, çünkü eski günlerin sonu geldi dediğim zaman pek de doğru söylemiyorum. Eski beceriler ve eski günler hâlâ şuralarda, arayan herkesin bulabileceği yerlerde.

Bir saat ve demiryolunun sonu. İşte Augusta kenti. Giderek ısınan havaya doğru alçal, sol dümen pedalı, sol çubuk ... hava alanının çevresinde geniş bir tur. İşte rüzgâr tulumu. Bu sabah rüzgârın çok sakin olduğunu gösteriyor. Aşağıda bir yığın pist var, ama aldırmıyorum. Aralarında da çimenlik şeritler uzanıyor. İşte onlara çok dikkat ediyorum. Kırmızı yakıt pompaları ilişiyor gözüme. Sabahın bu saatinde pek müşteri yok.

Bu sabah göklerde de pek müşteri yok zaten. Yalnızım. Biraz daha aileron ... kanatları iyice eğip hızla çimenlere doğru alçalabilmek için. Genellikle hava alanlarında çimenlere inilmez. İnsan önceden oralara dikkatle bakıp tavşan yuvalarını, başka delikleri, ortadan geçebilecek boruları görmek zoruda. Pırpır çimenlerin tepelerine neredeyse değecek. Toprağı görmek için fazla uğraşmak gerekmiyor. İnişe uygun gibi.

Levre ileri, biraz daha kuvvet ver. Upuzun, sola dönüşlü bir yükseliş. Az sonra yine çimen şeridi hizalayacağız. Bu sefer inmek üzere hizalayacağız.

Son tur üç dakika sürüyor, çimen şeridi hizalıyorum. Oraya son bir kere bakmaya ancak vaktim var. Ondan sonra ... kollayın kendinizi, tavşanlar. Karşımda artık yalnızca o kocaman, uğultulu alüminyum kütlesi, yağ püskürmüş bir ön cam, kara motor silindirleri, pervanenin bulanık diski, arada sırada üçgen bir pencereden beni gözetleyen gökyüzü parçası ... yanlarda çimenlerin o bulutlu dalgalanışı, sonra tekerleklerin soğuk toprak üzerinde sert dönüşleri, yüzlerce buz gibi çimen ucunun teker altlarından fışkırıp üzerime yağışı. Bu sefer dümen pedallarını gerçek anlamda kullanıp uçağın ilerleyiş çizgisini doğru tutmaya çalışıyoruz, çünkü yan rüzgârda sorun bu anda başlamıştı, hatırlıyor musunuz? Birden uçak dönmeye başlamıştı da yapabilecek hiçbir şey bulamamıştık. Sol pedal- sağ pedal-sol ... ama bu sefer iyi tutturduk, üstelik, Tanrım, durması pek uzun da sürmedi ... kontrolu yine elinde hissetmek ne güzel şey ... S-dönüşler yapabilmek, önünü görmek, yavaşça ilerlemek!

Kolay bir dönüş, çimenler artık daha az yağıyor ve canım istese hemen inip o çimenlerin üzerinde yürüyebilirim. Pırpır artık bir uçak değil, kocaman, acayip, üç tekerlekli bir araç ... burnunda dönüp duran fırıldağın çekip yürüttüğü bir araç.

Pistin yan yollarından birinin betonuna çıkıyoruz, çimenin çukurları, tümsekleri, sarsıntıları yok oluyor. Kükreme sesinin kulaklarımdan silinmesi bir dakika kadar sürüyor. Bir dakika da miğferi çıkarıp paraşüt kayışlarından kurtulmak için gerekli. Bunların zevkini tadmak, rahatça yapmak gerek. Sonra güvenlik kayışını açarsınız, çünkü istediğiniz anda inip dolaşabileceğinizi, bir bira içebileceğinizi, ofisteki ısıtıcıya ellerinizi uzatabileceğinizi biliyor olursunuz. Modern gökleri arşınlayan pilotlara inrenmek için bir nedeniniz yok. Onlara acımanız gerek. Hele deri miğferi çıkarıp kayışı açarak, motoru ısınmış eski bir uçaktan inmenin zevkini yenlerinin bir yerine saklamamışlarsa.

Pırıl pırıl güneş. Hâlâ soğuk, ama parlak. Bir an için iç ofisin sıcağına ulaşma hevesi kabarıyor içimde. Haritalarıyla, telefonuyla, rüzgârlar ve hava koşulları konusunda sınırsız bilgi dağarcığıyla iç ofis. Ama kov o hevesi, kov kötü düşünceleri. İnsan hiçbir zaman antik uçağının ihtiyaçlarını ikinci plana itip de başka şeylere koşmaz. Bu da eski uçaklarla uçanlar arasında yaygın bir ilke mi? Kısmen. Ama esas gücü, bu makineye nasıl servis verileceğini bilen tek kişinin o pilot olmasından kaynaklanıyor. Ufacık bir şey olabilir. Benzin deposunun doldurulması. Bir keresinde pilotun biri, önünde pervanesi hareketsiz durumdayken bir çayıra inmek zorunda kalmış, çünkü motor pistonları silindirlerin içinde donmuş. Çünkü o sefer kendisi çok üşümüşmüş ve eski uçağının servisini bir başkasına emanet etmişmiş. Yağ deposuna benzin doldurmuşlar. Çünkü iki deponun kapakları çok benziyormuş ve birbirine de çok yakınmış. Budalaca bir hatâ tabii. Akla hayale gelmeyecek bir şey. Ama pervane dönmez olunca, bu hatânın budalaca olduğunu, akla hayale gelmez bir şey olduğunu bilmek onu pek de avutamamış.

Bugün dona dona kanatlar arasına çömelip duruşumun asıl nedeni, o teller ormanı arasında gezinişimin, yakıtın kara piton hortumunu deponun ağzına kendi elimle tutuşumun gerçek dayanağı, aslında bir inanca uyduğum ya da bir başkasının hatâsından korktuğum için değil. Burada uçağımı tanımak için duruyorum ben. Ona da beni tanıma fırsatı vermek için. Havada uçarken saatler boyunca her işi uçak yapar. Motor her geçen dakika binlerce detonasyonu emer, benim bir saniye dayanamayacağım sıcaklıklara, basınçlara dayanır. Telleri, çıtaları, kanatların brandası, bin iki yüz kiloya yakın uçağı havada tutar ... yakıtıyla, pilotuyla, teçhizatıyla birlikte hem de. Ve bunu saatte yüz mil hızında bir rüzgârla boğuşarak yapar. Her inişte o dişlilerle o eski tekerlekler, bin iki yüz kiloluk ağırlığın saatte altmış mille yere inmesine de dayanır, kitleleri ve boşluklarıyla kuvvetleri düzgün hale getirmeyi başarır. Benim tek yaptığım, pilot kabininde oturup direksiyonu çevirmektir. Bunu bile, dikkatimin ancak yarısını vererek yaparım. Öbür yarısı, kafamı bizi havada tutan rüzgârdan kaçırmaya, ısınmak için hayalî krankları çevirmeye, başka zamanları, başka pilotları, başka uçakları düşünmeye yönelir.

Bunların bedelini ödemek için en azından, bencillik edip kendi rahatımı düşünmeden önce uçağımın ihtiyaçlarını karşılamam gerekir. Tekerlekleri yerdeyken ona dikkat etmezsem, uçarken ondan hiçbir zaman özel bir iyilik istemeye hakkım olmaz. Belki o iyilik, yağmurun içinden geçmesini istemek olacaktır, belki ânî ve azılı dağ rüzgârlarına karşı tellerini ve çıtalarını sağlam tutması olacaktır, belki de çölün birine mecburi inişte kendini parçalayıp pilotunun burnu kanamadan kurtulmasına izin vermesi olacaktır.

Düşünmeyi kesip, analiz yapmaya ara verip, ona içeceği seksen oktanı sunarken, kafamdan geçenlere kendim de şaşıyorum. Bir uçaktan iyilik istemek mi? Uçağın seni tanımasına izin vermek mi? Hasta mısın sen? Ama sonuç vermiyor. Kendimi suçlayamıyorum. Ben bir hayali yaşıyor değilim, ayağım taş gibi betonda ve burası da Augusta'nın kaskatı toprağı. Sağ eldivenimle, yakıt hortumunun madenî memesine sarılmışım. Oradan çıkan benzin, deponun içine boşalıyor, daha ne kadar yer kaldığını görmek için eğildiğimde, depo ağzından yükselen benzin buharları çevremi sarıyor. Aşağıda servis görevlisi çocuk, yağ tenekesini sert bir metal âletle delme çabasında. Teneke kesiliyor ve sesi yeterince gerçek.Bunun bir hayal dünyası olması gerekmez. Öyle bile olsa, en azından tanıdık bir hayal dünyası. Yıllardır içinde gezip dolaştığım dünya. Kendimi ayıplayamayışım garip. Uçmaya ilk başladığımda, ayıplayabilirdim herhalde. Ama on yıl boyunca iki bin saatten fazla uçtuktan sonra insanın uçuşlar ve uçaklar konusunda bazı gerçekleri bilmesi, hayal diyarlarda dolanıp durmaması beklenir.

Sarsılarak ayılıp küçük bir şoka kapılıyorum. Belki de gerçekleri anlamaya başladığım için böyle oluyor. Belki de gerçekler uçağı tanımakla, onun sizi tanımasına izin vermekle ilgili şeyleri de kapsıyor. Belki pilotun ömrünün uzun olması, uçağına olan inancı ve o konudaki bilgisine de bağlı. Belki bazen uçuşun hep aranan cevabı, kanadın flaplarında, motorun beygir gücünde, mühendislik çizimlerinin hesapladığı rezültan kuvvetlerde bulunmayabilir. Ve belki de ben yanılıyorum ... ama ister doğru, ister yanlış olsun, burada durup kendi uçağıma benzini kendim dolduruyorum ve bunu bana doğruymuş gibi gelen nedenlerle yapıyorum. Çöl üstünde uçarken pervane durursa, çepeçevre alanda taşlardan başka bir şey göremezsem, o sabah Augusta'da kendimi ayıplamam gerekir miymiş, gerekmez miymiş, anlayacağım.

6

Telefonun yanında bir yazı var:

UÇUŞ SERVİSİ İÇİN HATTI BOŞALTIN, SİYAH DÜĞMEYE İKİ KISA ZİL BOYUNCA BASIN, " UÇUŞ SERVISI, AUGUSTA BELEDİYE HAVAALANI" DEYİN.

Ülkenin her yanındaki havaalanlarında bu telefonlardan binlercesi var. Her birinin de kendi sinyalleri, kendi özel talimatı bulunur. Havacılık tarihinin bir döneminde, pilot bu tür talimatlar olmaksızın da yaşayabiliyordu. Siyah düğmeyi iki kısa zil boyunca basalım bakalım.
"Uçuş Servisi?"
"Alo, Uçuş Servisi, Columbus-Auburn-Jackson-Vicksburg uçuşu. Hava konusunda elde ne var?
Bir zamanlar bir havayolu kaptan pilotunun bana verdiği öğüdü hatırlıyorum. Hava uzmanlarının tahminlerine asla kulak

asma. Şimdi burada nasıl bir hava varsa, sen onun içinden uçmak zorundasın ... oraya varınca nasıl bir havayla karşılaşacağını da asla bilemezsin.

"Görünüşe göre güzel bir gün. Columbus açık, görüş uzaklığı on iki mil. Jackson açık, görüş yirmi, Vicksburg açık, yine yirmi. Dallas açık, elli ... eğer orayı isterseniz. Tahminler öğleden sonraya doğru dağınık kümülüs bildiriyor, belki aralıklı sağnak ve gökgürültüleri."

"Rüzgâr nasıl? Yerden beş bin fite kadar?" Patates cipslerinden oluşan kahvaltımı atıştırıp Pepsi-Cola'mı yudumlarken ilgiyle bekliyorum.

"Şey, bir bakayım. Yüzey rüzgârları Columbus dolaylarında değişken, siz Jackson-Vicksburg'a vardığınızda batıdan on hız. Beş bin fitte rüzgârlar üç üç sıfır derece ve on beş knot. İyi bir gün olacak gibi görünüyor."

"Güzel. Hava için teşekkürler."

"Uçak numaranızı alabilir miyim?"

"Dört dokuz dokuz Hotel."

"Tamam. Uçuş planı kaydettirmek ister misiniz?"

"İyi olurdu ... ama telsizi olmayan bir uçaktayım."

Güldü. Sanki komik olsun diye söylüyormuşum gibi.Telsizsiz bir uçak!. "Eh, o halde sizin için yapabileceğimiz pek fazla bir şey yok demektir."

"Öyle herhalde. Hava için teşekkürler."

Kulaklığın telefondaki siyah düğmenin yanındaki beşiğine yerleşmesinden on dakika sonra pırpır yine havada, Georgia üzerinden batıya doğru uçuyor. Havadaki soğuk artık rahat bir soğuk. Öyle dondurucu değil. Uçuş Servisi benim için bir şey yapamasa bile, uçuyor olmak yine de zevkli. Yükselince batıdan rüzgâr, demişti. Yani kafa rüzgârı. Olmasa da olurdu hani.

Elden geldiğince alçaktan uçuyoruz, inilebilecek düzlükleri planör gibi yoklaya yoklaya gidiyoruz. Bazen o kadar da alçaktan gitmek gerekmiyor, çünkü düzlükler aralıklı, araya çam krallığının temsilcileri davetsiz konuklar gibi yerleşmiş. Göz alabildiğince. Şurada bir yol gelip benim demiryoluna paralel ilerliyor, ötede küçük bir göl ve bir çayır, sonra yine çamlar. Her yanda. Bunlar yaşlı ve yeşil. Koyu yeşil. Aralarında genç olanları daha açık, limon yeşili. Sabah güneşine dönmüşler, ona hâlâ şaşkınlık ve hayranlıkla bakıyorlar. Ne çok ağaç, Tanrım, ne kadar çok ağaç!

Toprak yolun yan tarafında eski bir ev, bakımsız bir bahçe. Pırpırın gölgesi bacanın üzerinden geçior. Herhalde motorun gürültüsü çok yüksek ve alışılmadık bir şey olmalı. Kapı falan açılmıyor ama. Hiç hareket belirtisi olmuyor. İşte gitti. Arkalarda gözden kayboldu.

Kim oturur o evde? Ahşabının arasına ne gibi anılar sinmiş? Ne tür mutluluklar, ne tür sevinçler, ne tür yenilgiler görmüş? Dopdolu bir dünya gizli orada. Hüzünüyle, zevkiyle, kazancı ve kaybıyla, ilgileri, yer alan parlak olaylarıyla ... tıpkı doğudaki çamların üzerinden yükselen güneşin batıdaki çamların ardında batışı gibi. Bir dünya dolusu önemli olaylar ... gerçek insanlara olan olaylar. Belki yarın akşam Marysville'de bir dans var. Belki evin içinde önü önlüklü elbiseler ütüleniyor. Belki o evden ayrılıp Augusta veya Clairmont'da daha iyi bir hayata geçme kararları veriliyor. Belki, belki ve belki. Ama belki de evde kimseler yok. Belki orası yalnızca bir ev cesedi. Ne olursa olsun, hikâyesi nasıl gelişmiş olursa olsun, pırpırın gölgesinin orayı aşması yarım saniyeden biraz az sürdü, sonra da onu geride bıraktı.

Haydi bakalım ... uyanık kalalım seyir süresinde. Nerelerdeyiz biz? Augusta'dan kaç mil uzaklaştık, Auburn'a kaç mil kaldı?

Yer hızımız kaç? Bir sonraki durağa tahminî varış saatimiz ne? Bir sonraki durak neresi? Biliyor muyum ki bir sonraki durağı? Şu küflü sorulara bir kulak kabartın hele. Öyle de önemli sorulardı ki bunlar! Şimdi pırpırda zerre kadar önemi yok hiçbirinin. Bir sonra inilecek yeri bulma sorunu, daha biz havalanmadan önce çözümlenmişti. Auburn'a yol üç saat sürüyor, bende beş saatlik yakıt var. Bir demiryolunu izlemekteyim. İşte seyir sorunlarının sonu. Geleceğin uzak bir gününde, tahminleri hesaplayıp yer hızlarını dikkate alarak tekerleklerin bir sonraki alana ne zaman değeceğini saniyesi saniyesine söyleyebilmek, muthiş bir oyun sayılacak. Ama o başka tür bir uçak için. O dünyada bu cevaplar önemli şeylerden sayılır. Siz hedef alanı kaçırdınız mı, dünya kadar uçağa haber verilmesi gerekir. Yakıt durumu duyarlıysa, her geçen dakikayla galonlarca benzin tüketildiğine göre, insan kafa rüzgârlarını ve yer hızlarını elbette gözden kaçırmamak zorunda. Fazla kuvvetli bir kafa rüzgârı demek, hedefe varacak benzin yok demek. İnsan ikmal yapmak için daha yakın yere inmek zorunda demek. Tehlikeli. Çok tehlikeli. Her zerresi öyle.

Oysa şimdi, 1929'da ... ne gam! Kafa rüzgârı olursa yarım saat geç varırım. Ya da bir saat. Depoda hâlâ bir saatlik uçuş olanağıyla. Acelem yok. Eski biplanlarla uçan insanın acelesi olamaz ve olmamalıdır. Hedefe varamasam ne olur ki? Bir yere inerim. Başka bir hedefe. Bir sonraki uçuşta da o ilk hedefimi aşarım, daha ötelere uçarım. 1929'da eğer telsizim, seyir teçhizatım ve gelişimi bekleyen kaygılı bir acentem yoksa, başıma buyruğum demektir. Düz bir otlak gördüm mü iniverirsim, istediğim gibi vakit geçiririm, hattâ belki bir ev yemeği karşılığında birilerini on dakika uçururum bile.

Nerede olduğumu aşağı yukarı biliyorum. Güneş doğudan

doğuyor, batıdan batıyor. Batan güneşe doğru gittim mi tamam. Harikata bakmama bile gerek yok. Böyle devam edersem, Amerika Birleşik Devletlerinin öbür ucuna varırım nasılsa. Belli büyüklüğe ulaşan kentlerin hepsinde havaalanı da var, yakıt da. Yüksel öyleyse. Yakıt azalırsa bir kent bul, depoyu doldur, batıya doğru devam et.

Pırpır alçak göklerde kükreyerek ilerliyor. Pırıl pırıl kanatlarıyla. Kumlu topraklardaki gölgesi saatte doksan mil hızla sivri çamların üzerinden kayıyor.Kıpırdayan şeyler, seyredilecek şeyler, içilecek hava, kanat telleriyle dilim dilim doğranacak hava. Ama nice zamandır görülen o rüyanın garip etkisi de hâlâ var.

Belki birkaç bin yıl sonra uçuşlar kabul edebildiğimiz, gerçekliğine inandığımız bir şey haline gelir. Martılar uçmaktan hoşlanıyor mu? Ya şahinler? Herhalde hayır. Belki yerde yürüyebilmeyi özlüyorlar. Yere sağlam basmayı, her püf diyen rüzgârla savrulmamayı özlüyorlar. Ona, "Seninle değiştokuşa hazırım, şahin." diyebilirdim ... ama bu anlaşmaya birkaç şey daha eklemek isterim doğrusu. Ne kadar düşünürsem o kadar çok şey eklerim, sonunda yine kendim olmak isterim ... ama uçabilmek şartıyla. Şu anda da öyleyim zaten. Yine kendi hayatımı seçer, göklerde kendi sarsak yöntemlerimle uçmayı isterim. Çünkü bu uçuş günü için yaptığım çalışmalar, uğraşmalar ve fedakârlıklarla ben bu ânın tam zevkini çıkarıyorum. Bana çabasız bir uçuş verirseniz, kısa zamanda bıkarım, daha zor bir şeye yönelmeye kalkarım.

Zor bir şey! Hadi, uçmamızı sağlayacak bir yol icad edelim. Bu sorunun cevabını bulmak için, zavallı, yere bağımlı dünyalı az mı uğraştı? Kuş kanadı gibi kanatlar mı denemedi, gemi gibi yelkenler mi, barut roketleri mi! Uğraş, uğraş, uğraş. Uçurtmalar, kumaşlar, tüyler, tahtalar, buhar makineleri, kuş ağları, bambu çerçeveler. Daha sonra, arasına kumaş gerilmiş bambular ve pilot için de bir oturma yeri. Bir dağ kurabilsem, bambu kanatlarımı onun doruğunda açabilsem, yamaçtan aşağı rüzgâra karşı koşmaya başlasam ... Ve bulmuştu işte. İnsanoğlu sonunda uçuyordu. Aylarca dağın tepesinden aşağıya uçtu durdu. Ama yine de ... bu işi daha uzun sürdürebilmek gerekiyordu. Bu az bulunur tatlılıktan daha çok zevk alabilmek gerekiyordu. Bir çift kürek, öyleyse ... pedallar, değirmen kolları, el krankları, tekerlekler, katlanan kanatlar ve ev yapımı ufacık bir benzin motoru. Motoru alsak, ona zincirli bir çalıştırma pistonu eklesek, iki pervaneyi döndürsek ve bütün bunları kanatlara uydursak ... o zaman belki pilot alt kanadın üzerine uzanır ve ... Bir adım daha atıldı, bir başlangıç daha yapıldı. Bütün insanlığın üzerinde çalışmaya başlayabileceği yeni bir başlangıç.

Önceleri uçmak kör bir eğlence biçimiydi. Zor bir şey işte. Değişik bir şey. Kocaman, madenî bir kuşun kontrolunu elinde hissetmek, minik evlere, göllere, karıncalara yukarlardan bakmak zevkli şey. Zamanla, onca arkaik deneyin birikimine dayanacak sebatı gösterebilenler, pilot brövesi alabilenler için, bu zevk birdenbire değişti, kuşu kontrol edebilmekten, kuşun kendisi olmaya doğru kaydı. Aşağıya bakabilecek kocaman, parlak gözler, yerde yalnızca tahta ve brandayken, alüminyum levhayken, uçuş sırasında canlı hale geçen, insana rüzgârda tüylerini bile hissettiren kanatlar.

Önce dışımızdaki dünyada yer alan değişiklikleri farkederiz. Tanıdık olan alçak bakış açısının yerine, bilmediğimiz yüksek bakış açısını getiren de budur. Onca yükseklikten düşmenin nasıl bir şey olacağını merak ederiz. Eğlenceli olabilir ama ... tuhaf bir eğlence. Çünkü ne de olsa ... hava bizim kendi ortamımız değildir. Bu konuda insanoğlu fikrini uzun süre değiştirmedi.

Neden sonra, evde kendimizi tedirgin hissettiğimiz anlar geldi. Zamanla dünyayı tekrar çevremizde hissettik, uçuş da kendi kendine, yeniden ortaya çıktı. O noktadan sonra tedirginlik ortadan kalktı, nice sorunları başarıyla çözebileceğimizi öğrendik. İşte yeri ve göğü simge olarak görmeye o zaman başladık. Dağ artık öyle korkulacak, sivrilmiş bir toprak kitlesi değil. Daha yüce bir amaç uğruna fethedilmesi gereken bir engel de değil.

Uçağın da bir öğretmen olduğunu öğrendik. Sakin, bilinçli, inandırıcı bir öğretmen, çünkü alabildiğine sabırlı. Uçak hiçbir zaman pilotunun amaçlarını sorgulamaz, onu yanlış anlamaz, gücenip de onun kendisini avutmasına gerek göstermez. Gökyüzünün kendisi gibi uçak da ... derslerini bize sunuyordur işte. Biz öğrenmek istiyorsak ders boldur. Üstelik bunlar son derece ayrıntılı ve derin dersler de olabilir.

Columbus ilerde. Kontrol çubuğuna geriye doğru hafif bir dokunuş bizi ağaç tepelerinin üzerinden, daha yukarlardaki bir başka düzleme çıkarıyor. Kentler üzerinde alçaktan uçuşa izin yoktur, zaten yasa olmasa bile insan böyle bir şeye kalkışmamalıdır. Bir kere eğer motor arıza yaparsa, kentlerde öyle inilebilecek pek fazla yer bulunmaz. Ayrıca uçaklara ilgi duymayanların aklını silindirlerin o ânî sesiyle, pervanenin bulanık diskiyle çelmeye de kimsenin hakkı yoktur. İki bin fit öyleyse. Columbus üzerinden. Uçuş bir an için daha az ilginç oluyor. Alçaktan uçarken, yerde kayıp giden şeyleri bulanık görürsünüz. İki bin fitte bu büyü bozulur, her şey açık seçik ortaya çıkar, hareketlerin hepsi yavaşlar. Kente giden otoyollar vardır. Oralarda arabalar, kamyonlar birikmektedir. Şurada bir rafineri, onca çabaya yalnızca, upuzun bacasından çıkan dumanlar üzerinden geçen pırpırın pilotuna rüzgârın nereden estiğini göstersin diye girmiş.

Nehrin yanındaki çayırda Columbus Belediye Havaalanı var. Sayısız pistleri, türlü rüzgârlara göre olanaklar sağlayacak biçimde açılandırılmış. Kıvrımlı bir uçak park rampası, terminalin önünde yolcu uçaklarından yağ lekeleri. Columbus Belediye Havaalanı, eski ve telsizsiz biplanlara göre yer değil.

Beton devden bir an yeşil bir ışık parlıyor. İşte. Bir tane daha. Kontrol kulesinden pırıl pırıl bir yeşil parıltı. Ve yeşilin ardında minicik bir adam var o kulede. Bana iniş izni veriyor. Ne nezaket, ne düşünceli bir hareket! Alanın iki bin fit yukarısındayken bir davet alıyoruz. Gel de bir kahve iç, eski günlerden konuşalım diye.

Çok teşekkürler, dostum, ama ben yoluma devam etsem daha iyi olur. Telsizlere inanan uçakları rahatsız etmeyelim. Teşekkür anlamında kanatlarımızı sallıyoruz, bu beklenmedik davete karşılık iyi dileklerde bulunuyoruz. Şu Columbus Belediye Havaalanında, kulenin yeşil ışığının ardında ilginç bir adam var. Bir gün buralara yine geleceğim, o adamı soracağım.

Bir nehri aşıyoruz, aşağıda uzun radyo kuleleri geriye doğru kayıyor, kent biterken kırsal alan yine çevreyi sarıyor. Kentler bu savaşı hep kaybeder. Ne kadar büyük olurlarsa olsunlar, çevresinde her zaman o sabırlı kırlar, sessiz ve yeşil bir deniz gibi, yeniden içeriye süzülmek üzere hazır bekler. Arazi hızla Modern'den Daimî'ye doğru değişiyor kent üstünden uçarken. Bir süre boyunca kente giden yollar üzerinde dizi dizi moteller görülüyor, sonunda onlar da teslim oluyor, kırlar her yanı fethediyor. Onunla birlikte de sessiz hayat, sessiz insanlar başlıyor. Motorun kükremesi bir kere daha ağaç tepeleri düzeyinde, iğne yapraklar tarafından emiliyor.

Beni Auburn havaalanına kadar götürecek olan bomboş yola paralel geniş bir tarla görüyorum. İnişe uygun. Böyle bir tarla,

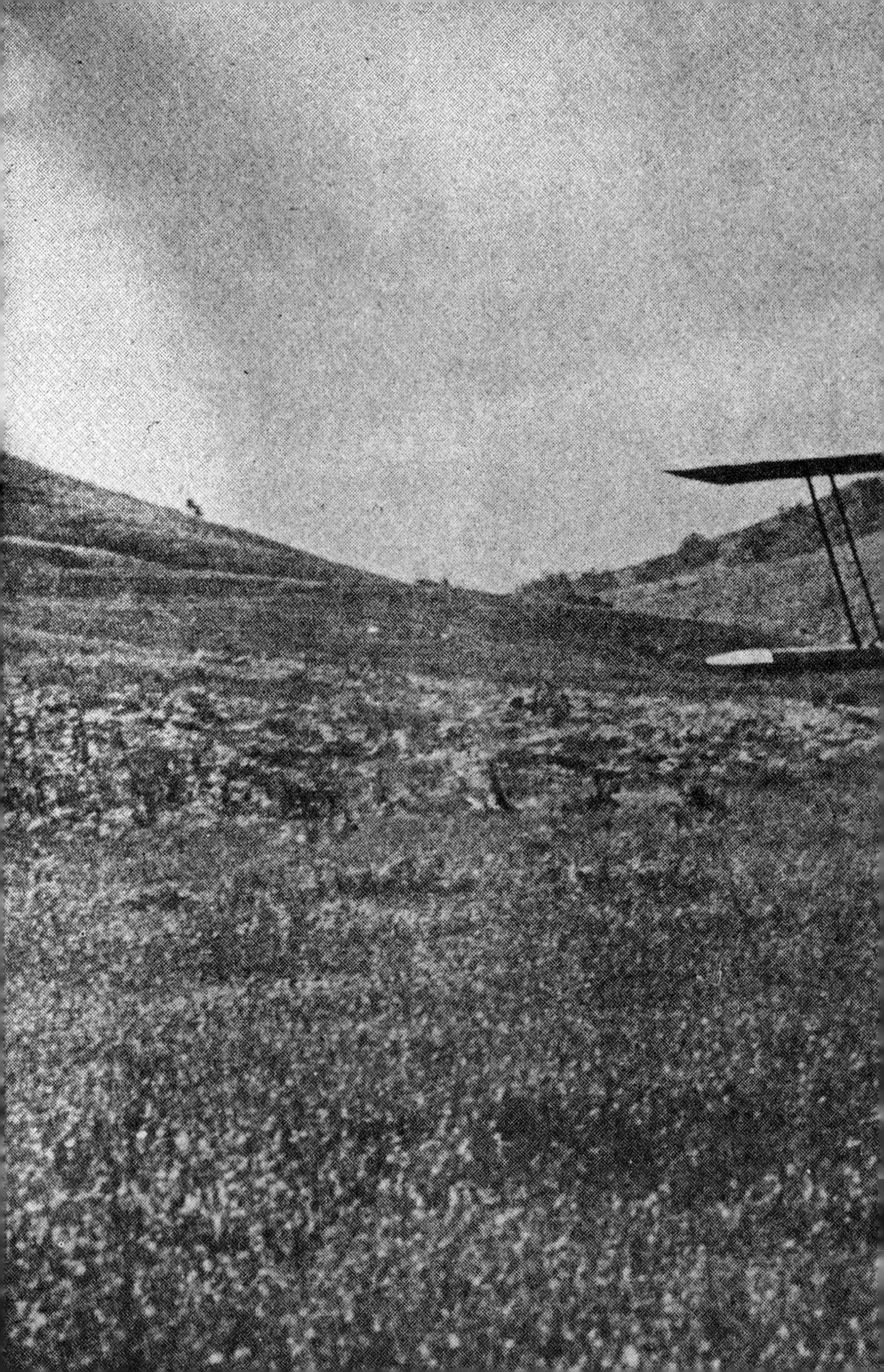

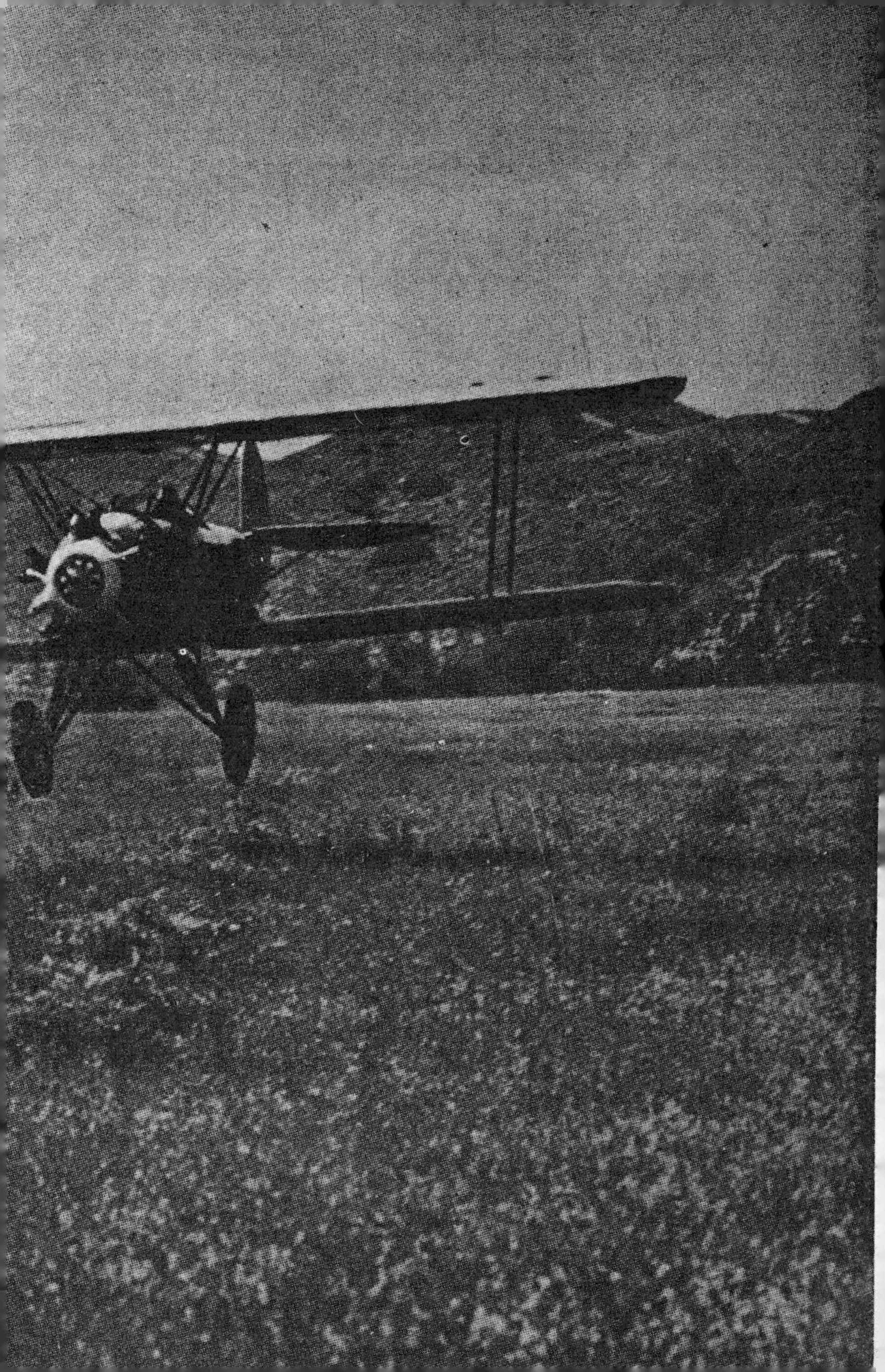

bankada para gibi. Oynayıp şu anki uçuşun zevkini daha iyi çıkarabilmemi sağlıyor.

İlerde iki ulu çam. Aralarındaki uzaklık toplam kanat boyumuz kadar. Hızla yaklaşıyorlar, bize tepeden bakıyorlar, derken sol aileron yükseliyor, uçak yan dönüp geçerken iğne yapraklar sarsılıyor, seyrediyoruz. İşte uçmanın bilinci bu. Uzanıp altta hareket eden toprağa dokunabilme duygusu, geçerken bir ağacın dallarına değebilme duygusu. Bir ufuktan bir ufka uzanan, arası seyrek ağaçlı bir çayırdan güzel uçma yeri yoktu. Alçalır, tekerlerini çimenlere değdirirsin, inek boyu yerde ilk ağaçların yanından geçersin, ilerdeki azametli görünenlere doğru gidersin, son anda bir pedal, bir çubuk, bir anda yükselir, tepetakla döner, o dallara yukardan bakarsın.

Ama nasıl yaptılar ... ilk uçanlar yerden yükselmeyi nasıl başardılar! Yüz fit uçabilmek için hayatlarının yıllarını, düşüncelerinin en büyük dilimini verdi onlar. Hem de on fitlik bir yükseklikten. Havada yirmi saniye kalarak. Bugün biz o yirmi saniyelik uçuşun tüm yoğun zevkini tattıktan sonra, bir yirmi daha, bir yirmi daha tadıyoruz. Tekerleri çimenlere değdiriyoruz, yukarlara yükseliyoruz, en ulu ağaçlara tepeden bakıyoruz.Üzerimize saldıran havayı kanadımızın kenarıyla, eldivenimizle, kısılan gözlerimizle kesip dilimliyoruz. Uçmak bu işte. Kendinizi mutlu mutlu göğün bir yanından bir yanına atmak, o tanıdık dünyayı her türlü açıdan görmek, ya da görmemek, kafayı çevirip bir saati diğer dünyada, bulutlardan oluşmuş tepelerin, ovaların, kayaların, göllerin, çayırların dünyasında geçirmek.

Ama bir de pilotu en sevdiği uçağa bindirip en hoşlandığı hayale götürelim: aralıklı ağaçları olan bir çayır, fethedilecek dağlar, gün batımı bulutlarında yapayalnız. Onun gülümsediğini ender olarak, çoook ender olarak görürsünüz ... o da, ancak dikkatle incelerseniz. Ben bir kere bunun böyle olduğunu farkettim de, nasıl olabiliyor diye şaştım.

Çöl üzerinde alçak uçuştu. Çok hızlı. Dört tane F-86 Sabrejet uçağını bir hedefe götüren filo başıydım. Bütün kartlar önümüzde, hem de açık duruyordu. Birliğin amaçlarını yerine getirebilmek için bu alçak uçuş eğitim misyonuna ihtiyacımız vardı. Benzinimiz doluydu, onu yakmak için tam hız gitmek zorundaydık. Yer dümdüzdü, hava durgundu, vakit de sabahın erken saatleriydi. Bu alçak uçuşun sonunda bizi atış eğitim hedefleri bekliyordu. İyi bir uçaktaydım. Girdiğimiz bahis de, hedefteki her delik için beş sentti.

Sonuçta tabii hava hızı göstergesi saatte 540 mile çakılıp kaldı. Yerin belli belirsiz yükselti ve çukurlarına uymak için kontrol çubuğunu pek az hareket ettirmekten başka bir şeye gerek yoktu. Yüksek kaktüsler çıktıkça da onların üzerinden atlamamız gerekiyordu. Üç dostum sağa sola dağılmış olarak, gevşek düzende geliyor, hepimiz alçaktan hızlı uçuşun zevkini çıkarıyorduk. Önümüzde, eğer başarırsak bize doyum verecek bir görev vardı. Sekiz ağır makineli dopdolu, ateşe hazır bekliyordu. Sabah çöllerine karşı inanılmaz güzellikte, gümüş rengi dört oktuk. Biri şurada bir kayaya rastlayıp yükseliyor, biri bir çukura doğru alçalıyor, bir tek yuka bitkisine çarpmamak için birden yukarıya fırlıyordu. Mahallede jet savaş pilotçuluğu oynayan çocuklar gibiydik. Elimizde kocaman, gerçek, resmî oyuncaklar vardı. Güneşe serilmiş kertenkelelerin tepesinde havayı krokunç seslerle yırtarak ilerliyorduk. Ne rahatsız olacak, ne de şikâyet edecek bir tek insan kulağı vardı.

Hız, güç ve kontrol. Oyuncaklarımızın tadını sonuna kadar çıkarıyorduk. Ama benim gülümsediğim yoktu. Çok değerli bir saniyeyi buna kaygılanmakla ziyan ettim. Neden gülümsemiyordum? Aslında kahkahalarla gülüyor, şarkı söylüyor, yer bulsam dans da ediyor olmam gerekirdi.

Cevap bana bir başka uçakta, saatte 543 millik bir başka hızda, yedi fit üç inçlik bir yükseklikte uçarken geldi. İçinden, içinden, pilot. En önemli şeyler, yalnızca kendi içinde yer alanlardır. Bazen senin dışında da çok büyük, vahşi, değişik, rastlanmadık bir şey oluyor olabilir, ama onun da anlamı ve önemi yine içten gelecektir. Gülümseme dışa ait bir şeydir, bir iletişim yoludur. Oysa burada keyiften mest olabilirsin, ama hepsini de kendine saklarsın. Onu bilirsin, tadarsın, duyarsın, mutlu olursun. Hiçbir iletişim gerekmez.

Şurada, yüksek gerilim hatlarının ötesinde, Auburn havaalanı. Çubuğa dönüş, tellerin üzerine çabucak yükseliş, sert yüzeyli iki pisti o anda ve net biçimde görüş, kırmızı bir rüzgâr tulumunu benzin pompalarının üstünde hafif hafif dalgalanırken farkediş. Haydi rüzgâra, alanı turla, iniş şeridini seç, yere değeceğin noktayı belle. Paraşüt çok sert ve rahatsız. İnip biraz dolaşmak iyi olacak. İniş pistinde yapayalnız bir biplan. Ama biplan kendi yalnızlığının farkında değil, parlak ilkbahar çimenlerine doğru kolayca dönüş yapıyor.

Güzel bir pist şu pist. Sayısız inişlerin yarattığı bozukluklar bile yok. Yumuşacık, davetkâr bir yer. Yine gel, diyen bir yer. Yeryüzüne in. Pırpırın nice kere yaptığı gibi hemen oraya döneceği türden yer. Levye geri ... pervane sessiz bir yel değirmeni oluyor. Aşağıya doğru kayıyoruz. Karşımız yeşil. Rüzgâr tellerde yumuşacık, yalnızca varlığını belli edecek kadar hışırdıyor. Çubuk ileri, daha öne ... şeritin iki yanında ağaçlar yüksek, giderek daha da yükseliyor. İlerdeki çimenler görünmüyor, yanlardakiler bulanık. Çubuk geri artık. Yavaşlıyoruz. Geri. Geri... Hafif bir çatırtıyla yere değiyoruz, üç teker üstünde hızla gidiyoruz, yeşilin fışkırdığı toprağın eğri büğrülüğünden hopluyoruz. Sol dümen pedalı-sağ dümen pedalı, işte bir anda o tanıdık hıza düştük. Neredeyse yandan aşağıya atlayıp yürüyebilirim istesem. Levyeye bir dokunuşla, ağır ağır benzin pompalarına doğru ilerliyoruz. Çevrede birkaç da küçük bina var.Ne yeni, bu binalar, ne de eski. Biri hangar, biri uçuş okulu ... pencereleri pistlere bakıyor. Arka tarafta bir hangar daha var. Birkaç kişi kapıya yakın yerde durmuş, aralarında konuşarak pırpırın yaklaşmasını seyrediyorlar.

Bir güç boşalması, bir an rüzgârın bana saldırışı, sonra sol dümen pedalı ... yakındaki seksen oktanlık pompaya yanaşabilmek için. Kırmızı tokmaklı karışımı içeriye alabilmek için. Motor dört saniye daha çalışıyor, sonra birdenbire susuyor, pistonların birkaş kere şak şak diye ses çıkardığını, pervanenin durmak için yavaşladığını işitebiliyorum.

Düğmeyi kapa.

Benzini kapa.Kemeri çöz, paraşüt tokalarını aç, eldivenleri çek, miğferi çıkar, bu sefer pervaneden gelmeyen o tatlı rüzgârı hisset. Güneş hâlâ parlıyor. Sessizlik. Bu sessizliği ancak bir baş selamı verecek kadar tanıyorum, çünkü kulaklarımda motor hâlâ uğulduyor. Hayalet motor. İnsanın içinden "ölü" demek gelen bir şeyin ruhu.

Ben depoyu doldurmaya başlarken küçük grup yaklaşıyor. Biraz dehşete kapılmış gibiler, eski uçağa sessizce bakıyorlar. Uçuş öğrencisi bunlar. Etrafta uçan pek fazla eski uçak göremezler. Biplan'ın neyin mirası olduğunun farkındalar mı? Yoksa ona birdenbire ortaya çıkmış acayip bir relik diye mi bakıyorlar? Bilmek hoş olurdu. Ama insan yabancı bir gruba, bunun neyin mirası olduğunu biliyor musunuz diye soramaz. En azından, on-

ları tanıyana kadar soramaz. Artık yabancı olmadıklarını hissedene kadar.
"Merhaba. Buralarda bir sandviç alabilecek yer var mı?"

7

Biplan yine uçuyor, olaylarla dersleri içeren batı yolunu sürdürüyor. Olaylar küçücük şeylerden başlıyor. Bir pompadan benzin doldurmak gibi. Çok büyükleri de olabiliyor. Hilâl Plajında, pistte rüzgârdan dönmek gibi. Hepsi öğrenecek bir şey sunuyor. Öğrenip ilerdeki eylemlerde uygulanabilecek bir bilgi.
Arazi fazrkettirmeden değışmeye başlıyor. Çamlar azalıp daha çok sayıda çıftliklere yer açıyor, çiftlikler güneşin altına yemyeşil seriliyor. Oz diyarına benziyor ortalık. İzlediğim yol da pekâlâ sarı tuğladan olabilirdi. Toprak o kadar düzenli. Yüz fit gibi yakın bir yükseklikten baktığım zaman bile. Otlaklarda yanlış yerden baş vermiş bir tek ot bile yok. İnekler bile, dikkatli bir yöneticinin yerlere çizdiği X işaretlerinin üstünde otluyor. Herkes yerine ! Yerine ! Dikkat ! Çık!
Bu sahneye izinsiz girmişim gibi hissediyorum. Motorun gürültüsü, ses adamının teyplerini mahvedecek. Buralarda bir yerde, kocaman bir meşe ağacının altında mutlaka elinde megafo-

nu olan bir ses adamı vardır. Ama durun. Biz de bu gösterinin parçasıyız. Üstelik tam vaktinde geldik:

BİPLAN doğudan batıya doğru uçarak sahneye girer. Bİ-PLAN'ın sesi ufacık bir MIRILTIDAN başlayıp bir KÜKREMEYE dönüşür, sonra batıda yine MIRILTI olarak son bulur. SAHNE : BIPLAN'ın pilot kabini. Kamera bir an İNEKLERI, sonra SARI TUĞLA YOLU gösterip ÇİFTLİK EVI'ne döner. *Mülk sahibine not :* ÇİFTLİK EVİ aslında ZÜMRÜT KENT'i simgelemelidir; onun düzenliliğini, lekesizliğini, her şeyinin işler durumda oluşunu ve zaman içinde huzurla mesafe aldığını simgelemeli, gökkuşağı ötesindeki sihirli kentin çoğu zaman bizim en iyi tanıdığımız kılıklara girdiğini, bu yüzden de var olan sihiri göremediğimizi ima etmelidir.

Sahne : DEV MEŞE. Onun gölgesinden BIPLAN'ın bir kere daha doğu'dan doğru, sesini yükselterek, kükreyerek yaklaşmasını, tepedeki yapraklara değe değe geçip batıya doğru uzaklaşırken sesinin hafiflemesini, sonunda gözden kaybolmasını seyrediyoruz. Sahne eriyor, yeşil ve siyah harflerle son buluyor : THE END.

Güzel çekim! Print alın!
Bu kadar güzel geçmesi hoştu ama biplan için show hâlâ sürüyor, sürüyor, sürüyor. Altımızda yüzlerce yönetmen bir yerlere saklanmış branda arkalıklı sandalyelerinde çalışmakta. Herkes yerine ! Başla!
BİPLAN. ÇİFTLİK EVİ. ZÜMRÜT KENT. Ve bütün bunlar boyunca SARI TUĞLA YOL. Bu söylediklerim 1929 baharındaki Güney. İkide bir, bir grup çocuk cumartesi gezilerinde durup el sallıyor. Onlara yüz fit uzaktan el sallamaya değer. Sonra geçip

gidiyorlar. İnsanlar yaşıyor aşağıda. Onların yaşayışını, balık tutuşunu, yüzüşünü, ekin sürüşünü, bacalardan mavi dumanlar çıkaran ateşler yakışını görebiliyorum. Dumanlar kıvrılıyor, rüzgârla sürükleniyor, bana kafa rüzgârlarının yeryüzüne kadar inmiş olduğunu da bu arada haber veriyor. Fazla kuvvetli bir rüzgâr değil ama sandığımız kadar hızlı gidememize yetecek. Ve ne kadar yavaş uçarsak, aşağıyı o kadar iyi görüp seveceğiz. Bir uçak, hele antik bir uçak, asla acele edemez. Bir tek çalışma hızı vardır onun. Biplan için levyeyi dengeli uçuşa ayarlıyorum, ibre 1725 devirde duruyor. İyi, rahat bir hız. Motorun sesi iyi geliyor, ne rölantide, ne de zorlanıyor.. 1725 gerçekten iyi bir ses. Rüzgâra uygun bir ses. Durgun havada 1725 devir bize saatte yaklaşık doksan beş millik bir hız verirdi. Kafa rüzgârı olunca yer hızı olarak seksenle gidiyoruz. Besbelli ülkeyi yeni bir hız rekoruyla şaşırtacak değiliz.

Ama kendimizi aşağıdaki harikulâde güzel manzarayla şaşırtıyoruz. Güneyin çırkin bir diyar diye adı çıkmıştır. Arasıra yerden baktığımda ben de çirkin görmüşümdür onu. Kör ve aptal bir nefretle çarpılıp kavrulmuş bir yer. Ama yukardan bakınca insan o kavruk nefreti göremiyor, Güneyi zerafetle ve güzellikle dolu bir yer olarak görüyor.

Uçaklar pilotlara bir kötülük dengesi sunar. Bir pilot değil, on pilot değil, çok daha fazla pilot, kafasında havadan görüp güzel bulduğu yerlerin bir endeksini saklar. Benim kendi dosyamda, Laguna Plajı-California'da, deniz kıyısında, tepeler arasında bir vadi vardır. Bir de Utah'ın Salt Lake City'sinin hemen doğusunda kalan vadi. Oradaki o koca dağın obür tarafında. Vadinin aşağılarında bir nehir akar. Orası yaz aylarında kusursuz bir Shangri-La'dır. Doğu Pennsylvania'da da güzel bir yer vardır. Raslantı eseri, yakınında da küçük, çimenlik bir iniş pisti bulunmaktadır. Bir havayo ı pilotu bana Arizona'da keşfettiği bir yeri anlatmıştı. New York - Los Angeles uçuşu sırasında otuz iki bin fitten görmüş.Keşfinden bu yana her geçişte incelemiş orayı. Emekli olduğunda yalnız ve sessiz bir hayat için oraya gidebileceğini söylüyordu.

Kuzey Fransa'da bir ova var, Almanya'da bir tepe var, Florida'nın körfez tarafında, kumu şeker gibi olan bir plaj var. Bugün dosyama bir yeni yer daha ekliyorum. Orta Alabama'nın çiftlikleri ve çayırları Bir kaçma gereği duyarsam, buraları bekliyor beni.

Güzel yerler. Aynı zamanda bir de güzel zamanlar meselesi var. *Eskiden iyi* olan zamanlardan söz etmiyorum. Şimdi iyi olanları demek istiyorum. Çünkü onlar öyle kalıyor, ben de dosyayı açıp bir tanesini çıkararak o olayın yarattığı düşünceyi yakalıyor, tadını çıkarıyorum. Olan olayı değil de ... öğrenme olayını. Simgeyi değil, anlamı. Dışta değil, içte olanları.

Bir kart çekin. Herhangi bir kart. İşte bir tanesi. Tepesinde *Pat ve Lou - El Toro* diye yazılı. Bir olay.

141.ci Taktik Savaş Pilotları Birliğinden bir yıldır uzaktım. Ülkenin öbür ucuna gitmiştim. Günün birinde bir telefon geldi. New Jersey Hava Ulusal Muhafızlarından Kros yıldızları Patrick Flanagan'la Lou Pisane yine puan kaydetmekteydiler. Bu sefer de 2600 millik bir eğitim misyonuna katılmış, F-86'larıyla El Toro Deniz-Hava İstasyonuna iniş yapmışlardı. Benden otuz mil öteye.

Kart yazılmış, yenilenen eski günlerle doldurulmuş. Pat'in eski ve sarsak bir F-84F'le nasıl Kanada Kraliyet Hava Kuvvetleri Mark VI Sabre'sini tongaya bastırmaya çalıştığı. Fransa göklerinde Pat o uçağın bir an için kendisini nişan merceğinden izlemesini sağlamıştı. Şakadan bir savaştı o tabii. Mark VI savaşlar için yapılmış bir uçaktı ama 84 yılı savaş yılı değildi. Pat usta pilottu tabii. Olayın şurasını burasını biraz süsleyerek, araya kendi dramatik ve komik yeteneklerini de katarak işe giriştiğinde, zavallı Maple Leaf'in zaten baştan şansı yoktu.

Ya Lou ? Upuzun boylu, soğukknalı Lou. O da birgün kanat kanada uçarken bana sabırla ilgili bir şeyler öğretti. Oyalandı, oyalandı, sonunda bir Fransız savaş uçağı yakaladı, gidip tam kanadının ucundan kükreyerek geçiverdi, ona gözünü açmazsa F-84'lere bile yakalanabileceğini hatırlatmış oldu. Lou resmî ve terbiyeli biridir. Tam davranması gerektiği gibi davranır. Sanki kulakları duymayı öğrendiği andan başlayarak hep etiket kurallarına göre yetiştirilmiş gibi. Onu iyice tanıyıncaya kadar. İşte o zaman canlanıverir Lou. Yine soğukkanlıdır, ama keskin, mantıklı zihni saçmalığa hiç gelemez. Bir generalden, bir komutandan gelen saçmalığa bile. "Hadi hadi, Generalim. O ön-uçuşta bu listedeki her şeye ihtiyaç olmayacağını siz de, ben de biliyoruz. Ön-uçuş'u yaparken elimizde kontrol listeleri taşımamızı istiyorsanız, açıkça söyleyin. Ama her uçuşta orada yazılı olan her şeyi okumamız gerektiğini bize yutturmaya kalkmayın."

Onları tekrar görüp sonra arabamla El Toro'ya kadar götürüşüm de İyi Zamanlar dosyasına klase edilmiş. El Toro'ya vardığımızda, iki gümüş renki Air Guard F-86 yanyana park etmişti.

"84 leri Fransa'da bırakmak biraz da hüzün veriyor, ama 86 da iyi uçak. Zaten yakında birliğe 105'ler verilecek. Bizimle birlikte olmayı özlemiyor musun?"

"Sizin gibi tiplerle birlikte olmak, ha? Sizden kaçabilmek için ülkenin öbür ucuna gelmek zorunda kaldım, beni ta burada bile buldunuz. Ah, şu 86. Pilot kabinine bir baksam sakıncası var mı, Lou? Hiçbir düğmeye el sürmeyeceğime söz veririm. Tanrım, beni vahşi atlara bağlayıp sürükleseler getiremezler 141.ci birliğe."

Pilot kabinine bakın hele. Her şey eskiden olduğu gibi. Silah paneli, levye, hız fren düğmesi, uçuş teçhizatı, uzun kollu iniş takımları şalteri, devre kesici paneller, koltuk fırlatma pimleri. Bu adamlar hiçbir şey öğrenmeyecek, Birlikte bulunması tehlikeli tipler. "Lou, kontrol listeni burada bırakmışsın! Elinde liste olmadan, doğru dürüst bir ön-uçuşu nasıl gerçekleştirebilirsin?" Hiç uymazlar talimata. Adam olmaz bu güruh.

Akşam bastırırken son kere el sıkışma zamanı geliyor, ikisi pilot kabinlerine tırmanıyorlar, kayışlarını tokalıyorlar. İçimde garip bir duygu, benim de hemen koşup uçağıma binmem gerektiğini, yoksa filonun bensiz kalkacağını fısıldıyor. Nerede benim uçağım? Arkadaşlarım uçmaya hazırlanırken ben hiç yerde kalmadım henüz. Pat miğferini ve oksijen maskesini takmış durumda, telsize kısaca bir şeyler söylüyor, kalkış iznini yüksek pilot kabinin içinde kuleye tekrarlıyor. Hey, Pat! Hani bir sefer Roj Schmitt kanadına yanaşmıştı, hatırlıyor musun? İlk havalanışındaydı. Hani demişti ki, "Bana aldırma, yalnızmışsın gibi uçmayı sürdür..." Hatırlıyor musun, Pat?

Hey, Lou! Hani Chaumont'da sen, paraşütle atlamanın yarattığı çarpma şoku, ikinci kat pencersinden atlamaktan fazla değil demiştin, hatırlıyor musun?

Pat start-motor sinyali vermek için elini havada çevirerek Lou'ya bakıyor, sonra, lanet olsun, aynı işareti bana da yapıyor. Sivil takım elbisemle rampada durmakta olan bana. Niye yaptın bunu, Flanagan? Seni kaçık, zıpçıktı kaçık. Derken FUUM-FUUM sesleri arasında iki motor birden hayata döndü, kompresörlerden havayı çekerken çıkardıkları ses yükseldi, yanma bölümleri uğuldamaya başladı, kuvveti türbine aktardılar. Şimdi haykırsam, ancak dudaklarımın kıpırdadığını görürler. İşte tekerlekler de dönmeye başladı. Yanımdan geçmek üzere döndüler.

Kalkış pistine doğru. Beton tabandan saklı tozlar yükseldi, jetin gücü onları uçurup bir fırtına yarattı. Pat yanımdan geçti. Eğilmiş bana bakıyordu. Küçük bir selam verdi. Görüşürüz, Pat. Yakında rastlarız, dostum. Kanat ucu ceketime değdi, dömen pedalı gururla kayıp uzaklaştı. Yirmi fit geriden Lou yaklaştı. Talimatı yine hiçe saymıştı. Piste giderken arada en az yüz fit bırakmak gerek, Pisane. Kendini bir tür hava gösterisinde falan mı sanıyorsun, Şampiyon?

Pilot kabininden bir selam, o selama cevap veren takım elbiseli bir sivil. Betonun üzerinde duran bir sivil. Benim için Generalin canına oku, Lou. Zaten okuyacaksın ya!

Ve piste doğru uzaklaştılar, o sırada alanın mavi ışıkları da yanıp akşamı haber verdi. Pistin ta dibinden, iki uçağın motorlarını ısıtma gümbürtüsü yükseldi. Ne yapıyorsun şu anda, Pat? Acil yakıt kontrolü mü? Bas şu frenlere, levyeyi %95 rpm.'ye getir, uzanıp acil yakıt düğmesini çevir, rpm.'yi sabitleştir, tam levyeyle çalıştır, gücü kes, normal yakıta dön. Ya sen, Lou? Kontroller tamam. %98'e çıkar onu, frenleri tut, hazır olduğun zaman Pat'a dönüp kafanı salla.

Pistin dibindeki nokta kadar jetler harekete geçti, ince siyah bir duman salarak ilerlediler. Birlikte büyüdüler, yerden yükseldiler, alt kapaklarını birlikte açtılar, iniş takımları düzgün gövdelerin içine çekildi, kapaklar kapandı. Kaskatı ve robot gibi. Giderek daha hızlı hareket ettiler, alçak uçuşa yerleştiler.

Sıkışık düzen giderken birdenbire ateş yiyen canavarlara dönüştüler, sanki çıkardıkları seslerle havayı yerinden koparmaya, heyelan gibi pistin üzerine dökmeye uğraştılar. Uzun, gururlu bir an boyunca, yan siluet gösterdiler. Durduğum yerden kabinlerdeki pilotları birer nokta gibi görebiliyordum. Sonra yalnız kanatlarını görebilmeye başladım. Arkalarında siyah dumandan iki izle.

Giderek küçüldüler, doğudaki dağa doğru uzaklaştıalr. Hızla ... küçülerek ... güle güle Pat ... küçülerek ... dikkatli ol, Lou ... yok oldular.

Havada iki duman izi, artık rüzgârla yayılıyordu.

Bir ölüm sessizliği içinde başımı eğdim, kendi sivil pabuçlarımı betonun üzerinde gördüm. Ne betonu, ne de pabuçları pek net göremeyişim daha iyi aslında, çünkü şu deli ışıklar gece olur olmaz ortalığa boşalıyor, her şeyi bulanıklaştırıyor. Ne vardı geri dönecek, çocuklar ? Neden izlediniz beni, sonra neden bıraktınız, sersemler? Çin'deki bütün çayı verseniz bir kere daha o birliğe sokamazsınız beni.

Böyle bir yığın zaman var dosyalarımda. Bir yığın olay.

Yerde gölgeler. Uzun sayılmaz bu gölgeler. Yalnızca güneşin beni geçmekte olduğunun göstergeleri. Bundan kaçınılamaz zaten, diye düşünüyorum. Eğer güneş de dünyanın çevresinde saatte seksen mil hızla dönseydi amma uzun günler yaşardık. Geç git bakalım, güneş. Benim iniş zamanım yaklaşıyor zaten. Bugün bir sıçrama daha ancak yaparım. Şansım tutarsa belki Mississippi'yi tuttururum.

Oz diyarının temiz çayırlarının yerini bataklıklar almış. Durgun göller sıcacık yatıyor. Pırpır kendi gölgesini hiç kaybetmeden sürüklüyor, alttaki yolu izliyor, arasıra, pek seyrek olarak bir otomobilin üzerinden aşırtıyor. Tanrıya şükür, arabaları geçebiliyoruz hâlâ. Bu nokta Hızlı'yla Yavaş'ın arasındaki sınır noktası. Otomobilleri geçebildiğiniz sürece kaygılanacak bir şey yok demektir.

Haritada ince mavi bir halka olarak gözüken şey, biraz ilerde Demopolis-Alabama olarak ortaya çıkıyor. Nehirden (o nehir de haritada öyle maviydi ki!) fazla uzak olmayan bir kent. Çevresindeki alanda hep kamışlar. Dev bir havaalanı. Boşluğun geometrik açıdan tam orta yerinde. Demopolis kentinin kendisi bile otoyolda epey sapa bir yer zaten. Savaş sırasında bu alan herhalde bazı havacıları eğitmiş olmalı ama şimdi hemen hemen bomboş. Bir tek, ufacık benzin pompası, bir tek rüzgâr tulumu, yakında da harap bir bina. Yine çimene in bakalım pırpır. Rüzgâra dön de in ... bakalım neler bulacağız.

Garip ama, biz burada oldukça kalabalık bir grup insan buluyoruz. Nereden çıktıkları belli olmayan bu insanlar, biplan'ı görmeye geliyorlar. Biplan bir olay oluyor Demopolis'de. Görünürlerde bizden başka bir tek uçak parketmiş. İki yüz dönüm beton ve sekiz yüz dönüm çevre alanın ortasına. Bir yandan hortum depoya uzanırken, güneş altında yağan sorular.

"Nereden geliyorsunuz?"
"Kuzey Carolina'dan."
"Nereye gidiyorsunuz?"
"Los Angeles'e."

Bir sessizlik. Pilot kabinin içine göz atmalar, küçük, siyah âlet panelini incelemeler. "Orası hayli uzak."

"Evet, uzak gibi görünüyor." "Bu depoya daha ne kadar benzim pompalamam gerektiğini düşünüyorum, yağlı ön camdan etrafa daha kaç saat bakmam gerektiğini düşünüyorum, sabahları arkamdan doğan, akşamları gözüme giren güneşi düşünüyorum. Gerçekten çok uzun bir yol gibi görünüyor.

Uçuş ofisinde bir şişe Pepsi-Cola içmeye zaman var. Orayı sessiz bulacağımı biliyorum. Ama motorun sesi kulaklarımda hâlâ 1-3-5-2-4 diye haykırıyor. Bugün bir uçuş daha. Uzunca bir uçuş. Güneş batana kadar. Belki Mississippi'yi tuttururuz bu akşam. Ayağa kalkmak, dolaşabilmek ne hoş bir duygu! Bugün çok uzun kaldım pilot kabininde. Çimenlere uzanıp uyumak güzel olacak. Bir uçuş daha ... sonra öyle yaparım.

8

Her şey solup birbirine karışmaya başlıyor. Telaş etmekte olduğumu farkedip kendimi tutuyorum Ağaçlar yine uzuyor, yolun çevresinde sıklaşıyor. Göz alabildiğince, tepeleri yeşil çamlar öğleden sonra güneşinde pırıl pırıl. Bugün pilot kabininde çok fazla saatler geçirdim ve çok yorgunum.

Birden şaşkın bir ses : "Yorgun mu? Uçmaktan mı yoruldun? Ohoo! Demek rüzgârda birkaç saat seni yormaya yetiyor. Vazgeçiveriyorsun. O zamanki pilotlarla şimdiki pilotlar arasında bir fark olduğunu sonunda görebildik işte. Daha yolun yarısını almadan, birkaç saatlik uçuşla hemen çöküyorsun."

Peki, tamam, yeter artık. Sen eski pilotların hiç yorulmadığına tanıklık edemezsin ki! Hem ben pes etmekten, vazgeçmekten de söz etmedim. Hattâ yavaşlamaktan bile söz etmedim. Dayanıp dayanamayacağımı, lâflar değil hareketler gösterecek. Uçuşu ancak yaşarsam keşfedebilirim.

İşin aslı şu ki, dünya kadar insan uçakla yolculuk yapar ama içlerinden pek azı uçmanın ne demek olduğunu bilir. Havaalanı terminalinde sırasını bekleyen yolcu, uçağı yirmi fitlik bir camın gerisinden görür. Bulunduğu yer, havalandırma tertibatlı bir küptür ve içinde tatlı bir müzik çalmaktadır. Motorun sesi dışardaki boğuklaştırılmış mırıltıdan ibarettir. Müziğin de gerisinde kalan, arasıra kendini belli eden bir mırıltı. Bazı terminallerde gerçekler bu insanlara hemen hemen gümüş tepsi içinde sunulur, çünkü giysileri pervane rüzgârından uçuşabilir. Büyük uçucuların ceketlerini de savurmuş olan o aynı kutsal rüzgârdan. Uçak da oracıktadır. Tepelerinde bir kule gibidir. Nice saatler boyunca uçmuştur ve yerini daha modern bir uçağa bırakıncaya kadar daha nice saatler uçacaktır. Ne var ki pervane rüzgârı genellikle insanın yalnız ceket yakalarını oynatır.Hafif bir can sıkıntısı, o kadar. Hele byük uçaklara yolcular hiç dikkat etmez. Onlar rüzgârdan kurtulabilmek için biniş merdivenlerini bir an önce bulabilme telaşındadır. Peki, görmek için zaman ayıranlara sunabilecek o kadar çok şeyi olan uçak ... görülmeden mi geçer gider? Kuyruğunun kıvrımı tarihi değiştirmiş olan, insanoğlunun görkemli otoyolu ... hiç kimsenin dikkatini çekmez mi?

Eh, ister inanın ister inanmayın, pek de dikkat çekmez diyemeyiz. Şurada, rüzgârın altında, o güneşli soğuğa karşı sırtını kamburlaştırarak duran adam birinci pilottur. Kol ağızlarında üç altın şerit. Yolculara bakmaz bile o. Tüm dikkati uçağına dönüktür. Hidrolik hatlarda hiçbir sızıltı olmadığını, her şeyin yolunda olduğunu, kanat altlarındaki o dev tekerlek yuvalarının sağlam olduğunu görür. Tekerleklere bakar, lastikleri inceler, hepsi yolundadır. Uçağın çevresinde bir dolaşır, seyreder, kontrol eder, yüzünde gülümsemenin gölgesi bile olmaksızın zevk alır bundan.

İşte tablo tamam artık. Yolcular yastıklı koltuklarını bulmuşlar, yakında kimsenin anlamadığı, çoğunun anlamayı istemediği makinenin içinde yolculuklarına başlayacaklar. Birinci pilotla kaptan anlarlar ama. Yani hiç kimse unutulmuş değildir. Uçak da mutludur, uçuş ekibi de, yolcular da. Herkes yolculuğa hazırdır.

Ama yine de, bir uçağın birbirinden çok ayrı iki yanı vardır. Yolcu kabininde, bunun Son Yolculuk olabileceği konusunda bir korku, gazetelerin uçak kazalarıyla ilgili manşetlerinin bir bilinci, levyeler öne itildiği anda o daracık havada bir gerilim, yeni bir kaza manşeti patlamadan önce bir güvenli uçuşun daha gerçekleşmesi umudu egemendir. Adımınızı atıp öndeki kapıdan girerseniz, gerilim yok olur. Sanki hiç var olmamış gibidir. Kaptan pilot soldaki koltukta, birinci pilot sağdakinde, uçuş mühendisi de onun arkasında kendi aletleriyle dolu panelin başındadır. Her şey düzenlidir, her zaman olduğu gibidir, çünkü bu an daha önce de sayısız kereler yaşanmıştır. Levyeler bir tek elin altında öne itilir, tüm göstergeler kontrol edilir, hava hızı yavaşça artar, uçuş kontrolleri etkin duruma gelince bir el burun tekeri direksiyonunu kontrol sütununa çevirir, uçak ancak ondan sonra yerden kalkar. Birinci pilotun sesi, hava hızı göstergesini okur :

"V-bir." Küçük bir şifredir bu. Anlamı da, "Kaptan artık uçmak zorundayız, pistin öbür başından fırlamayı göze almadıkça, bu uçağı durdurabilecek mesafe kalmadı," demektir.

"V-R." Kaptanın elinde tekerlek hafif arkaya gider, burun tekeri yerden kalkar. Ufacık bir duraklama, derken ana tekerler de kalkar ve uçak uçmaya başlar. Birinci pilotun eli, üzerinde *İniş Takımlarını Kaldır* yazılı düğmenin üzerindedir. Uçağın derinlerinden bir uğultu gelir, dev tekerler, hâlâ döner durumda, yavaşça tekerlek yuvalarına doğru yükselirler.

"V-iki." Yani ... "Bu hava hızında bir motor kaybetsek bile yine de yükselmeyi sürdürebiliriz." Kalkış süreci hep, "şu anda bir motor kaybetsek" ihtimaline dayanan kontrol noktalarından oluşmaktadır. Kalkış başlamıştır artık. Uçuş ekibi için, çözümlenecek bir yığın küçük sorunlarla dolu, ilginç bir süre başlamıştır. Bunlar gerçek sorunlardır, ama çözümleri zor değildir. Uçuş ekiplerinin her uçuşun her saatinde çözmeye alışkın oldukları sorunlardır bunlar. Ambrose kavşağına tahminî varış zamanı nedir? Winslow'dan geçerken Phoenix Merkezine pozisyon raporu vermemiz gerek, hazır olsun. İki numaralı telsizden, 126,7 frekanstan onları arayın. Meteoroloji istasyonlarına bir rapor verin, rotamız üzerindeki fiilî rüzgâr hızlarını, bulut üstlerindeki türbülansı, yol boyu buzlanma durumunu bildirin. Bir süre 236 derecede gidin, sonra üç derece ekleyin, bir süre 239'a yerleşin ki rüzgârları telâfi edebilesiniz.

Küçük sorunlar, tanıdık sorunlar, dost tavırlı sorunlar. Arada sırada daha büyük bir sorun da çıkar, ama o da işin zevkinin bir parçasıdır, uçuculuk mesleğini insanın hayatını kazanmasının ilginç ve hoş bir yolu olarak korumaya katkıda bulunur. Eğer ön kabinle yolcu kabini arasındaki kapı bu kadar kuvvetli bir kapı olmasaydı, bu güvenle bu ilgi binlerce yolculuk boyunca arka kabine de sızar, orada sürüp giden gerilimi ve korkuyu yok ederdi.

Ama şimdiki durumda, havayolu pilotları bile arasıra yolcu olarak uçağa bindiklerinde tedirginlik duymaktadırlar. Her pilot, kontrolde kendisi olduğu zaman daha büyük güven duyar, orada oturup yüzü olmayan bir kapıya bakmaktan, uçuş kabinine kimseyi sokmayan o kapının ardında kalmaktan rahatsız olur. Pilotlar için yolcu olarak uçmanın hiçbir keyfi yoktur. Bir şey bilmeden, korku içinde. Bu tür ruhsal durumda bile yine de bir yerlerde, uçağın uçuruluş biçimini eleştiren bir yaratık her zaman vardır. 110 yolcu taşıyan bir jetin en arka sırasında oturuyor bile olsa, o yalnız ruh mutlaka iniş sırasında pilota kelimesiz bir mesaj yollayacak, "Seni budala," diyecektir. "Fazla hızlı dönüş yapıyoruz! Karşımız doğu, yavaş al dönüşü ... tamam, böyle işte ... bu çok fazla, çok fazla! Geri çek şimdi! Topla kendini, yoksa ..." Derken bir takırtı olur, tekerlekler beton üzerinde dönmeye başlar. Yolcu kabininin gerisinden gelen mesaj, "Eh, pekâlâ," der. "Ama ben olsam çok daha yumuşak indirebilirdim bunu."

Pırpır karşımızda iyice alçalmış olan güneşe karşı homur homur homurdanıyor. Güneş ön camda yuvarlak, yağlı bir parlaklık. Uçabileceğimiz gün ışığının süresi artık pek uzun sayılmaz. Beyzbol topu boyundaki öğle güneşi artık yok. Islık çalarak inmiş, büyümüş, ufku aşıyor. Gerçi gökyüzü aydınlık ve mutlu kalmayı hâlâ sürdürüyor ama aşağıdaki yer buna dahil değil. Yer her zaman saatlere çok ciddi biçimde uyar. Güneş battı mı, hemen sakinlerini karanlığa sarmaya başlar.

Vicksburg aşağıda. Şurada da, saydamlıktan uzak kahverengi dalgalarının yarısı gölgeli ... Mississippi. Bir nehir gemisi, bir köprü ... herhalde ücretli köprü. Üzerinde de otomobiller. O otomobillerin arasında parlak far ışıkları da yanmaya başlıyor. İnme zamanı artık. Birkaç mil güneyde Vicksburg hava alanı var. Ama haritaya bakılırsa batıda da birbirine yakın iki hava alanı daha varmış. Onlardan birine inebilirsem, sabah güneş doğduğunda hedefime o kadar daha yakın olurum.

Devam et, diyor o ses. Hava alanlarını bulamazsan bir çayıra inersin, yakıtı da sabaha bulursun. Bu konuşan ses, her zaman serüven arayan iç ses. Yalnızca serüvenler için yaşadığına göre de, uçağa, pilota ne olduğu vız gelir ona. Bu gece yine o kazanıyor. Mississippi'yle Vicksburg'u geride bırakıyoruz, devam ediyoruz. Louisiana haritaya giriyor.

Aşağıdaki toprak karanlık karelere ayrılmış. Buralarda herhalde yeşil biberler, kara gözlü bezelyeler yetişiyor. Karelerin birinde de bir grup ahşap bina filiz vermiş. Bir kasaba. Buralarda bir havaalanı olmalı ama hiç göremiyorum. Bir yerlerde vardır, o kesin ... ama havaalanları bazen gün ışığında bile kolay görülmez. "Havaalanı" sözü bazen bir çayır anlamına geliyor da olabilir. Bir kenarında çiftçinin biri bir yakıt pompası bulundurmaktadır, o kadar. Tanıdık bir oyundur bu. Ülkenin bazı yerlerinde rekabetin bir türüdür. Bul bakalım havaalanını. Aeronotik haritadaki ince mavi yuvarlaklardan birini bul. Daha önce kimselerin görmediği bir yuvarlağı. Beş dakikada bir ara onu ... bulabilmek için. Bulabilenler aşağı yukarı bir hafta boyunca kendilerini bulamayanlardan üstün hisseder. Bir arkadaşım bana ilk defa "Havaalanını Bul" oyunu oynamayı önerdiği zaman, "Bu benim başıma asla gelemez," dediğimi hatırlıyorum."Ne saçma bir oyun!" Ama yine de yumuşak başlı davrandım, onunla hava alanına kadar yarışmaya razı oldum.

O gün öğleden sonranın büyük bölümü boyunca bol çayırlı bir bölge üzerinde donüp durdum, aradım, aradım. Her bir çayırı inceledim. Pek de çoktu. Sonunda karım çimenler üzerinde bir uçak gördü de, oyunu zar zor tamamlayabildik. Çok da resmî havalı bir havaalanıydı hani. Ağaçların altında bir değil, iki tane yakıt pompası vardı. Bir dizi de küçük hangar, bir restoran, bir yüzme havuzu.

Bu akşam Mississippi'nin batısında dolaşmaya kalkışmıyorum bile. Bir sonraki havaalanını ararım ... bulamazsam çayıra iner, gün ışığını beklerim.

Ağaçlar yolun epey uzağında. Her iki yanda büyük çiftlikler var. Çiftlik evlerinde ışıklar yanmaya başlıyor. Bir yalnızlık duygusu veriyor o ışıkların yanışını seyretmek.

İlerde bir kent. Rayville, Louisiana. Tam batısında bir hava alanı olmalı. İşte olduğu da besbelli. Bir tek, daracık alfalt, kısa bir sıra halinde, üzeri açık hangarlar, tek başına dalgalanan bir rüzgâr tulumu. Yan rüzgâr. Hem sert zemin, hem de yan rüzgâr. Ama rüzgâr yumuşak. Saatte beş milden fazla olamaz. Herhalde bu kadarcık bir rüzgâr bize sorun çıkarmaz. Yan rüzgâr dersi acı bir ders olmuştu gerçi. Kolay unutulacak bir şey değildi. Ama aşağısı iyice kararıyor. Kararımı çabuk vermek zorundayım. Buraya inmezsem, kendime bir çayır seçmeliyim. Gölgeler arasında iyi çayırı seçmek zor. Sabaha da yakıt gerekecek. Rayville'e inmek iyi olurdu. Çok da yakın. Bin fit ötemde işte. Ama yan rüzgâr söz konusu oldu mu, bin fit de az değildir. Alçalıp üzerinden bir geçiş yapsam fena olmaz, dedi içimdeki pek çok sesten biri. Doğru da. Pistin üzerinden yapılacak bir alçak uçuştan zarar gelemez. Birkaç dakika kaybederim, o kadar.

Böylece o tanıdık sürece başlıyoruz, gözle görülmez hava rampasından aşağıya, pistin ucuna doğru kayıyoruz. Çitin ötesi. On fit. Beş fit. Yo, iyi değil. pistin üzerinde doğru uçabilmek için pırpırın rüzgâr altında yengeç gibi gitmesi gerek. Böyle bir iniş, en iyi ihtimalle bile hayli riskli olur. Şuraya da bak, pilot. Pistin kenarına otuz fit bile olmayan yerde, upuzun, toprak bir platform var, paralel uzanıyor. Yüksekliği ne kadar? İki fit mi? Üç fit mi? Epey yüksek. Pırpır eğer dar yoldan çıkarsa, bir fit bile yeter iniş takımlarını harab etmeye. Yan rüzgâr da o taraftan geldiğine göre, o yana dönecek demektir. İniş takımlarını kaybederse hikâyenin sonu gelmiş olur. Pervane de, motor da bükülür, kendilerini toprağa gömüverirler. Alt kanatların uçları kopar, belki üst kanadı da beraber götürür. Geriye pek bir şey kalmaz. Eee? Karar?

Platforma çarpmadan inmeliyim. İyi pilotum ne de olsa. Nice uçakla iki bin saat uçmuşluğum yok mu benim? Var. Saatte sıfır milden sesin iki katı hıza kadar uçmuş biriyim. Biplan'ı beş millik yan rüzgârda piste elbette indirebilirim.

Kararımı verince bir kere daha aynı rampadan iniş yaptık. Bu sefer niyetimiz yere inip durmak. Dikkatli ol, yavaş alçalt onu Ana tekerler değsin. İyi, Şimdi çubuk öne ... ana tekerler yerde, ama dümen pedalı havada kalsın. Dikkat et, dikkat et, sola dönmek isteyecek. Platforma doğru. Güzel iniş. Birazcık daha ... sonra bu korkulara gülüyor olacağız. İşte geliyor ... kuyruk tekerleği aşağıya iniyor. Şimdi çubuğu kuvvetle geri çek, kuyruk inik kalsın, bir yandan da dua et de kuyruk tekeri dümeni iyi çalışıyor olsun ... sol dümen pedalı, sağ dümen pedalı, tam sağ dümen ... DİKKATLİ OL TANRIM DÖNÜYOR İŞ İŞTEN GEÇTİ ARTIK ONU KONTROL EDEMİYORUM ÇARPACAĞIZ O TOPRAĞA!

Eh, çarpacaksak sert çarpacağız demektir. Levye tam ileri ... belki toprağa toslamadan yeniden havalanabiliriz ... yüzde bir şans.

NE HALT EDİYORSUN O LEVYEYLE İŞTE ÇARPACAĞIZ TOPRAĞA VE SENİN YAPABİLECEĞİN HİÇBİR ŞEY YOK DİKKAT ET DAYAN İŞTE TAMAM!

Bir saniyede biplan pistten dışarı kayıyor, levye tam açık ve motor da tam güç kükrüyor, dosdoğru toprak duvara gidiyoruz.

Bir tek saniye boyunca pilotun içinde iki kişi birbiriyle mücadele ediyor. Biri pes etmiş, neredeyse korkunç bir çarpma olacağından emin. Öbürü hâlâ düşünüyor, son kozunu oynamak istiyor. Ve oynuyor. Uçağın uçup uçamayacağını anlamak için hava hızına bakmaya bile vakti yok, ama kontrol çubuğuna olanca gücüyle bastırıyor.

Biplan burnunu havaya kaldırıyor, ama uçmayı reddediyor.

Son kozu oynayan, filozof biri. Neyimiz varsa oynadık ve kaybettik, diyor. Onda bir saniye geçmeden çatırtıyı duyacağız. Pilot, umarım artık yan rüzgârları iyice öğrenmişsindir.

Çatırtı kopuyor, motorun sesine rağmen duyabiliyorum, kontrollerde hissedebiliyorum. Önce boğuk bir darbe. Sanki çok ağır, ama çok yumuşak bir şeye çarpmışız gibi. Sol ana iniş takımında. Ve sonra da ... hiçbir şey.

Uçuyoruz!

Yani uçuyor sayılırız. Platformun ötesindeki çimenlerin üzerinde sallanıp duruyoruz. Onda bir saniyelik rahatlama, sonra bir şok daha. İlerde dikenli telden bir çit var ... bir sıra da ağaç. Platform daha iyi olurdu. O ağaçlara uçar durumda çarpacağım. Onlardan kurtulma şansım hiç yok.

Dur, bana bırak bunu.

Yine kumarbaz devralıyor.

Burun aşağıya. Burnu aşağıya almak zorundayız ki uçuş hızı kazanalım. Çubuk elimde hafifçe öne kayıyor, tekerlekler çimenler üzerinde dönüyor. Bir an tekrar kalkıyorlar, biplan hızlanıyor. İşte çit. Kumarbaz son saniyeye kadar bekliyor, bulabildiği tüm hızı toplamaya çalışıyor. Sonra yine çubuğa dönüş, çiti aşıyoruz, iki kavağın arasından geçerken yerden yüksekliğimiz otuz fit. Bir saniye için bütün dünya yeşil yapraklardan, siyah dallardan oluşuyor, sonra koyulmakta olan mavi gök geliyor.

Tamam, diyor kumarbaz. Artık al, uçur. Kontrol çubuğunun üzerindeki el zayıf bir el, ama ... pırpırı bir daha yan rüzgârda indirmektense otoyola indirmeye razı birinin eli. Mutlaka inecek bir yer olmalı buralarda.

Havaalanını bir kere daha turlayınca ... buldum işte! Eskilerin dualarına gökten gelen cevap gibi, aklıma birdenbire, Rayville hava alanının iki pisti olduğu geliyor. Öbür pist çimen. Yönü de rüzgâra karşı. Neden daha önce dikkat etmedim buna ben?

Beş dakika sonra pırpır hangarların yanına park etmiş durumda, ben çevresinde yürüyorum, sol teker toprağa çarptığında neler olduğunu görmek istiyorum.

Bu nasıl olabilir? Kumarbaz bile emindi o sete çarpacağımızdan. Hem de çok sert çarpacağımızdan. Ama çarpmadık. Yavaşça sıyırdık, çimenlerde iz bile bırakmadık. Pırpırın o anda uçması için hiçbir neden yoktu. Daha bir saniye önce, kuyruğunu havada tutacak kadar bile hızı yoktu onun. Bazı kimselere sorsanız, kocaman, hareketsiz bir kitle olduğuna göre, uçmak için özel bir çaba göstermiş olamaz, derler. Bir uçağın normal uçuş hızına ulaşmaksızın uçabilmesi için bana bir tek aerodinamik neden göster, derler. Tabii ben aerodinamik neden gösteremem. O zaman onlar da bana, çubuğu çektiğin anda uçuş hızına ulaşmışsın demek ki, derler. Olay kapanmış olur. Şimdi neden söz edelim peki?

Ama ben oradan ikna olmamış durumda uzaklaşıyorum. Eski bir biplan'ı yan rüzgârda indirmeyi başaramıyor olabilirim ama öteki gerçek de var. Uçaklardan neler beklenebileceğini bilecek kadar uzun bir uçuş geçmişim var. Eğer biplan en çok yetmiş fitlik mesafede, hızını saatte yirmi milden, uçma düzeyine yükseltebilmişse, bu benim herhangi bir uçakta ulaştığım en çabuk kalkıştır, helikopterler hariç. Oysa ağır uçaklarda da, hafif uçaklarda da, kısa kalkışları nice kere denemişimdir. 290 fitlik pistlerden kalkmayı denediğimde, tekerlekler yerden ancak kesilmiş, iki fitlik tümsek olsa aşamaz düzeyde olmuştur.

Uçaklarla ilgili eski inançlarım bugün bir kere daha onaylanmış oluyor. Uçuş konusuna verilebilecek son cevap, aerodinamik ders kitaplarında bulunamaz. İş aerodinamiğe kalsa, biplan şu anda Rayville-Louisiana pistinin yanıbaşında, parçalanmış bir tekerlek, gövde ve kanat yığını olurdu. Oysa değil. Sapasağlam duruyor, bir çiziği bile yok, bir sonraki serüveni bekliyor.

Havaalanının çakıllı araba yolunda bir pikabın tekerlek sesi. Kapısında solmuş harflerle ADAMS UÇUŞ SERVİSİ yazısı okunuyor, direksiyonunun başında da, yukarı kıvrılmış Teksas şapkası siperliğinin altında şaşkın bir gülümseme. Kovboy filmlerinde pişkin tipler bu şapkaların siperliğini hep yukarıya kıvırırlar.

"Sizin ne olduğunuzu bilemedim. Evlerin üzerinden geldiniz, motor sesiniz de yirmi yıldır duymadığım bir sesti. Dışarı fırlayıp size baktım. Stearman olamayacak kadar küçüktünüz, Waco'ya pek benzemiyordunuz, Travel-Air de hiç olamadınız. Ne biçim bir uçak bu, söylesenize!"

"Detroit-Parks. Bunlardan pek fazla yapılmamış. Tanıyamadığınız için üzülmeyin. Wright motoru. Wright'ları hemen tanıyabilirdiniz ama. Her yanı yağla kaplı olmasından belli."

"Adım Adams. Lyle. Evet. Wright'lar yağ püskürtmeyi kesti mi, dikkatli olmanız gerek demektir. Bir baksam sakıncası var mı?"

Pikap döndürülüp yaklaşınca farlar pırpırın üstüne dökülüyor. Kapı gıcırdayarak açılıyor, çakıllarda ayak sesleri duyuluyor.

"Güzel bir uçak bu. Şu hale bakın. Yükseltici Manyeto, değil mi? Tanrım, çocukluğumdan bu yana Yükseltici Manyetolu uçak görmedim. Buji avansı da var. Hey, bu gerçekten bir uçma makinesi!"

"Bunları duymak çok güzel, bayım. Nice insan buna bakınca, böyle bir değnek ve paçavra yığını nasıl oluyor da havaya kalkabiliyor diye düşünüyor."

"Yo, hayır. Güzel uçak. Hey, bu gece onu hangara koymak ister misiniz? Ag-Cat'lardan birini çıkarırım, yerine alıveririz sizi. Cat'a yağmur da yağsa vız gelir. Üzerine bir kabin örtüsü attık mı, tamam."

"Doğrusu çok teşekkürler, Lyle. Ama bu gece pek yağmur yağacağa benzemiyor. Yarın niyetim güneş doğmadan gitmek. Hangardan tek başıma çıkarmak zor olur. Zaten hep dışarda yatıyorduk."

"Nasıl isterseniz. Ben zaten güneş doğmadan kalkıp tarlalara toz ilaç atıyorum. Burada olurdum."

"Ziyanı yok. Benzin alacak bir yerin var mı? Bu geceden doldursak da olur."

"Tabii. Akşam yemeği için sizi kafeye kadar da götürürüm isterseniz."

Kafede yemek, arasına da lezzet versin diye serpilmiş biraz

Louisiana. Lyle Adams aslında kuzeyli. Bir Yankee. Güneye tarım ilaçlaması işinde biraz çalışmaya gelmiş, hoşuna gidince kalmış, kendi işini kurmuş. Bugünlerde daha çok sıvı ilaç veriliyormuş. Sprey. Biraz da tohum atma. Toz ilaç atımı çok azalmış. Kocaman, modern Ag-Cat uçakları, Parks'ın ve onun çağının sisli bir ahvadı gibi. İş uçağı. Ön pilot kabini yerine bir ilaç kazanı. Her yanı madenî bir biplan. Cat'lar modern ve becerikli gözükür, öyledir de. Adams onlara çok güveniyor ve çok da seviyor.

"Büyük uçak bunlar, büyük uçak! O kanatlar ufacık bir kavis çizip hemen burnu tarlaya tekrar çeviriverir. Tabii eski uçaklara hiç benzemiyor. Ben eskiden Howard'la uçmuştum. Minnesota'da. Avcıları, balıkçıları hiç kimsenin daha önce gormediği yerlere götürürdüm. Kırlara inerdik ... Bir keresinde, hatırlıyorum, dört kişiyi tâ kuzeye uçurmuştum da..."

Saatler çabucak geçiyor. Yeni bir dostla tanıştığınızda hep olduğu gibi. Sonuna kafenin ışıkları sönüyor, biz de ADAMS UÇUŞ HİZMETLERİ'ne binip sarsıla sarsıla kara çimenlere dönüyoruz. Pırıltılı gökyüzüne karşı, sarı kanadın altına.

"Burada amma da çok yıldız var, Lyle."

"Yaşamak için iyi bir yerdir. Çiftçilikten hoşlanıyorsan. Uçakları da seviyorsan. Bayağı iyi yerdir. Bize gelip evde yatabilirsin. Ama zorla götürecek değilim seni ... böyle bir gecede. Aslında ben de uyku tulumumu alıp gelsem, burada, senin yanında uyusam, daha bile iyi olur. Çoktandır böyle bir şey yapmadım..."

Karanlıkta el sıkışıyoruz, iyi uykular diliyoruz, sabah güneş doğduğunda yeniden görüşeceğimiz konusunda birbirimize güvenceler veriyoruz, sonra pikap çakılları gıcırdatarak uzaklaşıyor, sesi azalıyor, köşeyi dönüyor, ağaçlar arasında ışığı göz kırpıyor ve kayboluyor.

9

Sabah. Yo, henüz sabah değil. Dün bizim geldiğimiz tarafta belli belirsiz bir aydınlanma, o kadar. Uyku tulumu ön pilot kabinine girerken Louisiana eyaletinde son kalan sıcağın kırıntıları da onunla birlikte giriyor. Soluduğum hava çevremde kol geziyor, kocaman tekerleklerin lastikleri sert gibi. Uçağı bağladığım ipi çözmeye çalıştığımda parmaklarım iyi iş görmüyor. Suyu kontrol etmek için benzinden biraz akıttığımda, elime sıvı hidrojen gibi geliyor. Belki de yağı biraz ısıtmam gerek. Boşaltıp koca bir tencereye doldursam, ateşe tutsam. Eski pilotların soğuk gecelerde yaptıkları gibi. Ama artık çok geç. Bu sabah tıpayı çeksem yağ akmaz bile. Deponun içinde kalır, molekülleri birbirine sokulup ısınmaya çalışır.

Birden Parks'ın üzerinde beyaz ışıklar oynaşıyor, çakıl yolda tekerlek sesleri duyuluyor.

"*Günaydın!*"

"Aa, günaydın, Lyle. Kaskatı donmanın dışında nasılsın?"

"Soğuk mu? Arkadaş, buna nefis hava derler! Sabahları birazcık serinlik insanın çalışmasına yardımcı olur. Kahvaltıya hazır mısın?"

"Sanmıyorum. Bu sabah kahvaltı etmeyeyim. Bugün mümkün olduğunca yol almak niyetindeyim. Gün ışığının her saniyesini kullanayım. Yine de teşekkürler."

"Hangi gün ışığından söz ediyorsun? Güneşin ortalığı uçabilecek kadar aydınlatmasına daha yarım saat var. Kahvaltı etmen de şart. Atla haydi. Kafe şuracıkta."

Kahvaltı etmekten hoşlanmadığımı söylemem gerekirdi. Güneşin doğmasına kadar geçecek zamanı, motoru ısıtmaya ayırmam gerektiğini anlatsaydım keşke. Belki bu soğukta motor çalışmaz bile. Belki çalıştırmak bir yarım saat daha sürer.

Ama pikabın kapısı açılmış bile. Besbelli bu eyalette herkesin kahvaltı etmesi gerektiğine inanılıyor. Telaşımın nedenlerini anlatmak, pikaba binip kapıyı çekmekten çok daha zor. Eh, alt tarafı yarım saat kaybederim, ona karşılık bir açma yerim, uçak ilaçlamacılarının sabahları nasıl geçirdiğini görürüm.

Anlaşıldığına göre Louisiana'lı ilaçlama pilotları kentte oturan herkesi tanıyor ve kentteki herkes de gün doğmadan bu kafeye geliyor. Apaydınlık odaya koca çizmelerimizle girerken kapıya asılmış pirinç zilleri şıngırdatıyoruz, şerifle çiftçiler kahvelerinden başlarını kaldırıp bakıyorlar, Adams Uçuş Servisi'nin genel müdürüne iyi sabahlar diliyorlar. Bu dileklerinde samimi bu insanlar, çünkü onun iyi ve rüzgârsız bir sabahı, hepsi için iyi bir sabah demek. Hava sakinse tarım uçakları durmaksızın tarlalar üzerinde uçabilir, çalışabilir, yaprak kurtlarını, ligus böceklerini, toprak bitlerini, bir zamanlar tarlaları da, çiftçileri de mahveden tüm haşereleri öldürebilir. Lyle Adams, Rayville kentinin önemli ve saygın bir kişisi.

Yabancılığım, fularım, ağır uçuş ceketim bakışları üzerime çekiyor. Lyle Adams benimle aynı dünyada yaşayan biri olarak, motorlara kaygılanan, her gün açık kabinli uçaklarla uçan biri olarak, selamları topluyor, "Bu sabah nasılsın?" "Bugün pirince uçuyorsun, değil mi?" gibi soruları cevaplıyor. Ev sahibim havacı sayılmıyor buralarda. İş adamı ve çiftçi. Biraz da kurtarıcı. Koruyucu bir tanrı.

Siyah formika masanın başında sıcak kakaomu yudumlarken, batıya, Teksas sınırına kadarki uçuşumdan neler bekleyebileceğimi öğreniyorum.

"Buradan kalktın mı, asfaltı izle, ağaçlara doğru bir mil kadar kaydın mı, aylarca bulamazlar seni. Yolun ilk başı, buralara yakın olan kesimi fena değildir ... Gerekirse inecek tarlalar boldur. Ama otuz, kırk mil sonra, yoldan hiç ayrılmasan iyi edersin.

"Teksas'a girdikten sonrasını pek bilmiyorum ama bir süre gidince yine tarlalar başlıyor, inecek güzel bir yer de var. Hava birkaç gündür iyi. Rüzgâr öğleyin başlıyor, sana da kuyruk rüzgârı olacak. Öğleden sonra biraz gök gürleyebilir ama sen o zamana kadar gitmiş olursun..."

Günün birinde bana Louisiana'da nasıl uçulacağına dair ayrıntılı bilgi gerekirse, Rayville kafesindeki masa sohbetinde anlatılan tecrübelerden yararlanabilirim. Bir ara, yalnız bir havacıyı dinler buluyorum kendimi. Kimsenin kendi dilini anlamadığı bir adada kalakalmış. Bugün bu kentte, kuyruk rüzgârına benim kadar sevinecek, batıdaki ağaçları öğrendiğine benim kadar minnet duyacak bir kişi daha yoktur. Ev sahibim bugün, pek de sık kullanmadığı bir dili konuşuyor. Bundan çok hoşlandığı da besbelli.

"Oklahoma üzerinde kocaman bir yüksek basınç merkezi var ve hava birkaç gündür iyi. Ama körfez hemen aşağıda olduğuna göre, bizde de arasıra bozar hava. İnsan zamanla araziyi iyi tanıyor. Gerilim hatları nerede falan, hep biliyor. Hava çok iyi değilken bile çalışmak mümkün..."

Sokağın karşı kaldırımındaki binalar şafağın ışığıyla kırmızıya dönüşürken, kamyonet bir kere daha çakıllı yola sapıyor, Parks'ın parlak kanadının ucunda duruyor.

"Sana bir yardımda bulunabilir miyim? Bir şeye ihtiyacın var mı?"

"Tabii. Pilot kabinine atlayabilirsin istersen, Lyle. Ben şu starter krankıyla uğraşırken. İki kere prim ver, levyeyi pompala. İlk seferde alması gerekir."

Starter el krankının çelik kolu sanki bir buz kalıbı. Eldivenimden bile hissedebiliyorum.

Başlangıçta çok zor d-ö-n-ü-y-o-r. (İçinden habire hırıltı sesleri geliyor.) Ve. Döndür. Ve. Döndür; ve ... döndür ve ... döndür ve, döndür ve döndür ve döndür ve döndür, döndür, döndür, döndür, döndürdöndürdöndür...inert teker çığlık atar, içerisi çatırdarken krankı çek ... tüm enerjisini pervaneye yollamaya hazır.

"AÇIK! BASTIR, LYLE!"

Kol minicik bir çıt sesiyle çekiliyor, starter'in gümbürtüsü başlıyor, Wright Whirlwind motoru sessizliği on milyon zerrecik halinde parçalıyor. Adams Uçuş Servisi genel müdürü bir an için çıkan mavi dumanlar arasında kayboluyor, sonra duman kıvrılarak gidiyor, pervane onu parçalıyor, geri kalanlar güneşin ışığına yöneliyor, çiti geçip yok oluyor.

Bu kasırganın ortasından ufacık bir sesin bağırdığını duyuyorum:

"ÇABUK ÇALIŞIYOR, HA?"

'GÜZEL UÇAK! 900 RPM'YE KADAR RÖLANTİDE ÇALIŞTIR;

ISINMASI BİRAZ SÜRER."
Whirlwind'e ısınması için on dakika süre. Pilot da o arada serinleyecek. On dakika boyunca, bu taraflara gelirsem yine uğramam konusunda vaatler, Lyle Adams batıya gelirse beni araması konusunda sözler. Veda yok. Uçmanın bir yan kazancı da bu. Dünyanın her yanında, olmayacak küçük yerlerde bir yığın dost ... ve onları bir gün yine görebilme umudunun canlılığı.

Yerdeyken ortalık enikonu soğuktu, şimdi iki bin fitte donma düzeyinin altında ... eğer böyle bir şey mümkünse. Asfalt batıya doğru gidiyor, ağaçlar Shreveport dolaylarında yola çok yaklaşıyor, Teksas sınırına doğru uçarken yol hemen hemen görünmez oluyor.

Buz gibi donmuş bir havlu sanki bu rüzgâr. Suratımı dövüyor, hiç durmak bilmiyor. Defalarca yutkunmak zorunda kalıyorum ve soluk almak da zor. Güneş istemeye istemeye yükseldiğinde hâlâ tam uyanmamış. Ufkun çok yukarısına vardığı zaman bile havayı ısıtmayı reddediyor.

Eldivenin parmaklarını ileriye doğru çekersem ellerimi bir dakika kadar sıcak tutabildiğimi öğreniyorum. Lastik pedallara güm güm vurmak ve görünmez krankı çevirmek beni "üşümüş" durumdan, "üşümüş ve yorgun" duruma sürüklemekten başka işe yaramıyor. Aşağıda, yolun üzerinde henüz otomobil yok. Yer hızımı ölçemiyorum. Ama sabahın bu saatinde rüzgâr kuyruktan geliyor. İyi. Kuyruk rüzgârı uğruna donmaya değer. Hele niyetiniz bir günde mümkün olduğu kadar mesafe almaksa.

Bununla birlikte, çok geçmeden iniş yapmayı düşünüyorum. Hareketsiz durabilmek, belki bir yere kıvrılmak, ısınmak için. İnsanın uyku tulumundan çıkmadan uçak kullanması mümkün müymüş, onu merak ediyorum. Birisi bacakları, kolları olan bir uyku tulumu icad etmeli. O zaman havacılar Güney'e geçtiklerinde de kendilerini sıcak tutabilirler. Ama o icat da geç kalmış besbelli. Ülkenin her gazetesine, her dergisine çarşaf gibi ilanlar verseler, yine de Havacılara Vücuta Uyan Uyku Tulumu'ndan pek fazla para kazanamazlar. Buna ihtiyaç duyacak havacı artık pek kalmadı. Duyanlar da ikinci en iyi yolu seçer, eski model, orta ısıda G tipi bir yıldız beğenir, sabahları o yıldızın çabuk doğması için dua eder.

Yer hızına işaret ara. Yolda giden herhangi bir tekerlekli araç bul, hızı karşılaştır. Nerede o şans! Hey, sürücüler! Güneş çoktan doğdu! Kıpırdayın artık bakalım! Bir tek otomobil yolun karşı tarafından bana doğru geliyor. O bana yardımcı olamaz. Üç dakika daha bekliyorum. Beş. Sertleşiyor rüzgâr. Sonunda bir bahçe yolundan yeşil bir sedan çıkıyor, batıya doğruluyor. Birkaç dakika sonra normal hızına yükseliyor. Yol boş olduğuna göre altmış beşle falan gidiyor olmalı. Onu kolayca geçiyoruz. Kuyruk rüzgârı güzel. Kendisinin benim için ne kadar önemli olduğunu biliyor mu acaba o arabadaki? Bu sabah havada bir biplan olduğunu, kendisini gözlediğini biliyor mu? Herhalde bilmiyordur. Herhalde biplan'ın ne olduğunu bile bilmiyordur.

Donarken bile öğreniyor insan. Yalnızca kendi yolunu ve hızını düşünen, benim varlığımdan bile habersiz birinden, benim yolum ve hızım konusunda bir şey öğrenmek mümkün. Yeşil sedanlara çok şey borçluyuz hayatta. Borcumuzu ödemenin en iyi çaresi de, elimizden geldiğince yolumuza devam etmek, biz farkında olmadan bizden bir şeyler öğrenebilecek kişilere ölçü oluşturmak.

Doğudan gelen ilk sıcak zerresine minnet duyarak düşünüyorum. Başka insanların kendi hayatlarında seçtikleri tempoyu kaç kere ölçü olarak alıp yararlanmışımdır ben? Bütün hayatım başkalarının ortaya koydukları örneklere dayalı. İzleme örnekleri, kaçınma örnekleri. Sayabileceğimden çok. Göze çarpanları hatırlayabilirim elbette. Onlar benim düşünce biçimimi etkilemiş olanlardır. Ben kimim ki aslında ? Kendi zamanımın bir ürünü değil miyim? Ortaya konmuş tüm örneklerin bir toplamı, karışımı değil miyim? Kendim de başkalarının göreceği, yargılayacağı bir örnek değil miyim? Biraz Patrick Flanagan'ım, biraz Lou Pisane. Ellerimde Bob Keech, Jamie Forbes, Teğmen James Rollins gibi uçuş eğitmenlerinin becerilerinin de birazı var. Kore'deki yer-hava savaşından bugün hâlâ sağ kalan pek az kişiden biri sayılabilecek Yüzbaşı Bob Saffell'in becerisinin de parçasıyım. Budalalık ettiklerini görünce tüm Hava Kuvvetlerine seve seve meydan okuyan, bindiği F86'yı Arizona'da bir okul bahçesine düşmekten alakoyarken ölen Teğmen Jim Touchette'in de. Birliğinin görevinden ve o uçakları uçuranlardan başka hiçbir şey düşünmeyen filo komutanı Yarbay John Makely'nin de. Emmett Weber'in de, Don Slack'in de, Ed Carpinello'nun da, Don McGinley'in de, Lee Morton'un da, Keith Ulshafer'ın da, Jim Roudabush'un da, Les Hench'in de, Dick Travas'ın da, Ed Fitzgerald'ın da. Bunca isim, bunca pilot. Herbirinden bir parçayı şu anda, biplan'ı buz gibi mavi Louisiana şafağında uçururken içimde taşıyorum.

Pek çaba göstermeden gözlerimi açıp, bu uçağı uçurmakta olan bütün pilotları görebilirim. İşte Bo Beaven, bana bakıp sakin sakin başını sallıyor. Hank Whipple ... o bana çayırlara, kumsallara nasıl iniş yapabileceğimi öğretmişti. Ayrıca uçağın burnundan çok daha ilerisini düşünmeyi de öğretmeye çalışmıştı. Kendi korkularından ötürü uçuşları engellemeye, anlamsız mevzuatla köstekleyemeye kalkışanları. Christy Cagle. Uçaklardan zevk alma konusunda örnek olmuştu bana. Yatakta yatmaktansa herhangi bir biplan'ın kanadı altında uyumayı yeğlerdi.

Bu kalabalığın arasında daha başka öğretmenler de var. Şu tarafa bakarsanız, pırıl pırıl parlayan gümüş Luscombe duruyor. Beni ilk defa kıskanç yeryüzünden alıp yukarlara götüren uçak. Kocaman yuvarlak motorlu bir T-28. Mahvolan motorundan kara dumanlar çıkarmakla itfaiyeyi düşeceği yere kendi kendine çağırmıştı. Ben o sıra uçma konusuna o kadar yabancıydım ki, bir terslik olduğunu bile anlayamamıştım. Bir Lockheed T-33. Beni uçuran ilk jet. Kontrol çubuğunu baş parmakla işaret parmağı arasında tutup *düşünmekle*, yükselişleri, dalışları, dönüşleri düşünmekle, bir uçağın uçurulabileceğini bana öğreten uçak. Bir de güzellik kraliçesi F-86F var. Bir pilotun uçağına ne kadar âşık olabileceğini öğretmişti bana. Dragonfly bir helikopter. Ufacık. Havada hareketsiz durabilmenin keyfini gösteren. Buz mavisi bir Schweizer 1-26 planör. Bir pilotun hiç motorsuz, saatlerce rüzgâr önünde havada kalabilmesini sağlayan o görünmez şeyleri gösteren. Babayiğit F-84F. Hatâlarımı örtbas eden, Fransa üzerinde yaptığım gece uçuşunda bana nice şeyler söyleyen uçak. Bir Cessna 320. Bir uçağın çok lüks olabileceğini, pilotun artık onda bir kişilik olduğunu unutabileceğini söyleyen uçak. Bir Republic Seabee. Hız motoruyken uçak olabilmek, sonra tekrar hız motoru olup suların gövdeye sıçramasını hissetmek gibi bir keyif bulunamayacağını söyleyen. 1929 modeli Brunner-Winkle Bird bir biplan. Unutulmuş bir uçağı bulan, yıllarca uğraşıp onu yenileyen, uçurduğu zaman da serbest bırakan bir pilotla uçmanın zevkini tattıran. Bir Fairchild 24. Yüzlerce saat gökyüzünü birlikte keşfederken birdenbire bana bu gökyüzünün gerçek olduğunu, somut olduğunu, elle tutulabilir bir şey olduğunu göstermeyi başaran. Bir C-119 nakliye uçağı. Adı kötüye çıkmış. Uçaklar hakkındaki kötü söylentilere, kendi gözümle görmeden inanmamayı, yeşil ışıklı *Atla* işaretini yakıp paraşütçüleri peşpeşe aşağıya, istedikleri yere salıvermenin de güzel bir duygu olduğunu öğreten. Ve bugün de bu eski biplan. Ülkeyi aşmaya çalışan.

Hızlı veya yavaş, sessiz veya sağır edici, kırk bin fitte veya çimen üzerinde uçan, basit veya lüks olan uçaklar ... hepsi burada, öğretiyorlar, öğretmişler. Bunların hepsi de bir pilotun parçasıdır, pilot da onların parçasıdır. Bir kontrol konsolunun soyuk boyası, yirmi yıllık dönüşlerden eskimiş dümen pedalları, elmas renki benekli işaretleri silinmiş kontrol çubuğu ... bunlar bir insanın uçağında bıraktığı izlerdir. Uçağın insanda bıraktığı izlerse yalnızca onun düşüncelerinde, öğrendiği ve inandığı şeylerde olur.

Tanıdığım pilotların çoğu hiç de göründükleri gibi değildir. Bir tek vücudun içinde, birbirinden çok ayrı iki kişi vardır. Bir isim seçin ... Keith Ulshafer, diyelim. Kusursuz bir örnek. Bu adamı bir savaş filosunun uçağında hiç düşünemezsiniz. Keith Ulshafer'in ağzından bir kelime çıkması büyük bir olaydır. Keith'in kimseyi etkilemeye ihtiyacı yoktur. Bir adım önüne çıksanız, "Sen çok boktan herifsin, Keith," deseniz, gülümser, "Herhalde öyleyim," der. Onu kızdırmak olanaksızdır. Acele etmesini dünyada sağlayamazsınız. Uçuş konusuna, yüksek matematikteki zor bir entegral problemine yaklaşır gibi yaklaşmıştır. Kalkış süresini yüzlerce kere hesaplamış olduğu halde, başka bir pilot pencereden bakıp rüzgâra, sıcaklığa dikkat ederek o mesafeyi elli fitlik bir farkla tahmin edebilecekken, Keith kalkar, şemaları her uçuştan önce önüne serer, kimsenin okumayacağı bir formun dibine kurşun kalemiyle sayıları yazar durur. Düzenli, dakik, kusursuz. Keith için hava hızını ya da yakıt tüketimini tahmin etmeye kalkmak, bir muhasebecinin Maskeli Hayaletle ringe çıkması gibi bir şey olur. Uçuş öncesi brifinginde onunla yanyana oturmak, filo liderinin hava savaşı misyonunun ayrıntılarını anlatışını dinlemek hemen hemen bir şaka gibidir. Görevin o hırçın kelimeleri kulağına saldırırken Keith'den tek bir ses bile çıkmaz. Sanki teknik bir derginin muhabiridir de, brifing başladığında kendini yanlış sandelyede oturuyor bulmuştur. Dinleyip dinlemediğini bile brifingin sonuna kadar hiç anlayamazsınız. Ancak o zaman belki ağzını açar, alçak sesle, "On ikinci kanal için iki yüz elli *altı* virgül dört megasikl demek istiyorsunuz, değil mi?" der, filo lideri de bu düzeltmeyi kabul eder. Ama genellikle Keith brifing bittiği zaman bile bir şey söylemez. Kendi dolabına gider, G-tulumunu yavaşça giyip fermuarını çeker, uçuş ceketini sırtına geçirir. O ceketin her yanı, savaş pilotlarına özgü talimatla, yıldırım işaretleriyle, kılıç resimleriyle doludur. Sonra paraşütünü tatsız bir şey taşıyormuş havasında eline alır, uçağına doğru yürümeye başlar.

Onun starter gümbürtüsü bile diğer uçaklarınki gibi ânî patlamaz. Motorunun sesi de o kadar yüksek değildir.

Keith kitaba göre uçar. Formasyona geçtiğimizde onun uçağı ne sallanır, ne de sıçrar. Sanki lider uçağın kanadına perçinlenmiştir. Sonra görev başlar. Savaş misyonu. Tabii o zaman gözünüzü açmanız gerekir.

Dosdoğru yukarı uçuşlar, dosdoğru aşağı uçuşlar, yuvarlanışlar, dönüşler görürsünüz o uçakta. Oysa alandan kalkarken o uçağa Keith'in bindiğini gözünüzle görmüşsünüzdür, yemin edebilirsiniz. Sanki tam kalkış ânında Keith uçaktan atlamış, yerine vahşî bir yabancı binmiştir. İçinizden mikrofonun düğmesine basmak, "İyi misin, Keith?" diye sormak gelir.

İyidir Keith. Şansınız iyi giderse, tüm dikkatinizi ve becerinizi kullanırsanız, o uçaktaki inanılmaz canavarın elinden kurtulabilirsiniz bile. Başka savaş misyonlarında da aynı şey olur. İşte Keith geliyor, hedefin üzerine, âdetâ ateş saçarak. Yerler yarılır onun önünde. İşte Dart'a yaklaşıyor. Hedef seçilen Dart'a. O gümüş şeyi gökyüzünden siliveriyor. Roket-hedefe doğru alçalıyor, on beş fit çember içinde dört roket ateşliyor. Savaş oyunlarının yakın destek misyonlarında Keith ancak tankların tepesindeki antenlere çarpmayacak bir yükseklikte, havayı yırta yırta gelir, son engelden sonra kusursuz bir uyum içindeki aileron kayışıyla yükselir, güneşe girip gözden kaybolur. İniş yaparken piste yakın uçuyordur. Tekerlekleri değme noktası olarak boyayla işaretlenmiş noktaya değer. Silah görevlileri silahları boşaltırken vahşi adam pilot kabininden sıçrayarak iner, ağaçlara doğru koşar, az sonra oradan öbür Keith Ulschafer çıkagelir. Teknik dergi muhabiri olanı. Ceketinin fermuarını açar, G-tulumunu çıkarır.

Hepimizin içinde uyumakta olan bir başka kişinin varlığını öğreniyorum. Yalnızca ânî karar anları için , hızlı hareketler için yaşayan biri. Onu bir yıl önce Keith'in vahşi adamında gördüm, daha dün mantığın kabul edemeyeceği birinde daha gördüm.

Teksas üzerinde çam ağaçları geriliyor, ilerde ovalar yeniden açılmaya başlıyor. Güneş sonunda havayı ısıtabildi, kuyruk rüzgârı da iyi gidiyor. Kanatların altında en hızlı otomobiller bile çabucak geride kalıyor.

Gözlerimi yumduğumda kuyruk rüzgârını görebiliyorum. Biplan'ı da onun taşıdığı bir minik nokta olarak görüyorum. Kuyruk rüzgârı, hareket eden koskoca bir hava girdabının yalnızca bir tek akımı. O hava girdabı, biraz kuzeyde kalan büyük bir yüksek basınç merkezinin çevresinde, saat doğrultusunda dönüp duruyor. Şu anda benim doğrultumda, ama benden biraz daha kuzeyde uçan bir uçak, mutlaka kafa rüzgârlarıyla boğuşuyordur.

Benim kuyruk rüzgârım böyle sürüp gitmez tabii. Ne de olsa, merkezden uzağa doğru uçuyorum, hızım saatte yüz milin biraz üzerinde olmakla birlikte çok geçmeden rüzgârın değiştiğini nasılsa göreceğim. İki saatlik uçuşta bile rüzgâr biraz değişti, demin dosdoğru kuyruk rüzgârıyken şimdi hafif güneyden geliyor. Birkaç saat daha geçti mi, güneyden gelen bir yan rüzgâr haline dönüşecek beni de tabii sağa sürükleyecek. Onun etkisinden kurtulabilmek için mümkün olduğunca alçaktan uçmak zorunda kalacağım.

İnsanı sağa sürükleyen rüzgârlardan uzak durmak gerektiğini öğrendim. Kilit söz şöyle : "Sağa, tehlikenin ortasına." Sağa sürüklenmek demek, yüksek basınca ve iyi havaya veda edip asık suratlı alçak basınç merkezlerine doğru gitmek, alçalan bulutların altına girip görüşü kısaltmak, sislere dalmak demek. Şu anda birazcık sağa dönüp rüzgârı tam kuyruktan almaya karar versem, beni hep iyi havada tutacak bir daire çizmeye başlayabilirim. Yüksek basınç merkezinin çevresini dolaşan rüzgârla ben de daire çizerek uçar dururum. Ama dönüp dolaşıp yine aynı yere gelirim. Yolumda ilerleyebilmek için bir iki fırtınayı göze almam gerek. Yine de, şimdiye kadar süren güzel koşullar için minnet duyuyorum. Kaç gündür iyi gidiyor hava. Görebildiğim kadarıyla hâlâ da öyle. İlerde alçalan bulutlar falan yok.

Önümde, ovanın üzerinde ilk kent yükseliyor. Dallas. Daha doğrusu Dallas/Forth Worth. Yavaş yavaş doğrulup dikleşiyor. Güneşe yayılmış bir dev. Kentin üzerinden uçmamak için hafif güneye kayıyorum. Havadan bakıldığında diğer bütün kentlere benzemeliydi ama benzemiyor. Dallas'a tarafsız bakamıyorum ben. Dallas/Forth Worth havaalanlarıyla ilgili müthiş bir savaş yer almıştı. Her ikisi de, iki kentin ihtiyaçları için en uygun havaalanının kendisininki olduğunu iddia etmişti. Sonunda eyalet hükümeti arabuluculuk etmek zorunda kalmıştı. Birbirine hakaretler yağdırır dururlar hâlâ. Eskiden havalarda uçan, bugün terminal binalarında "Alan Görevlisi" yazılı tabelaların gerisinde, masa başında çalışan kişiler arasında büyük düşmanlıklar vardır. Onun dışında, kent kocaman, iç sıkan bir yerdir. Ayrıca motorun sesinde de bir hüzün var. Silindirlerden tatsız bir ses geliyor. Burası Başkanın vurulduğu kent. İnmek zorunda kalmadığıma seviniyorum.

Kent geride kalıp görünmez olunca kırların ruhsal durumu biraz neşeleniyor. 80 numaralı federal yolu buluyorum. Bu yol bin mil boyunca benim baş seyir göstergem olacak. Çok geçmeden iniş yapmayı da düşünmem gerek. Haritada Batı Tepeleri deniyor. Küçük bir kasabayı, yanındaki havaalanını turluyorum. Saat sabahın 8.30'u, ama görünürlerde hiç hayat belirtisi yok. Çayır bomboş, hangarlar kapalı, park yerinde kimse yok. Benzin almak için beklemek zorunda kalacağım ortada. Şimdiye kadar rüzgârın da yardımıyla iyi yol aldım. İlerde bir havaalanı daha var ... orada bir hareket görünüyor. Hem geride bıraktığım her mil, önümdeki yoldan bir mil eksiltir. Açık pilot kabininde yolculuk yapanların bu ana ilkesini esas alıp, manyetik pusulanın W işareti referans düzeyinin altında sıçrarken alçalıyorum. Rüzgâr artık iyice yana geçti, yüksekte kalmaktan hiçbir yarar gelmez. Çubuk ileri o halde. Rüzgârın yere yaklaşıp hızını azalttığı düzeye iniyoruz. Boş yolun elli fit yukarısına vardığımızda, alçak tepelere paralel yükselip alçalmayı seçiyoruz.

Yolda arasıra otomobiller var. Herbirini iyice tanıyorum, çünkü artık onları o kadar hızlı geçmiyorum. Gelecekteki yıllarda yapılmış bir station-wagon. Benim bulunduğum 1929 yılında henüz doğmamış olan çocuklar bakıyor arka pencereden. Zamanın ötesinden onlara el sallıyorum. Beş yüz fit Teksas havasının ötesinden. Karşımda orman gibi eller sallandığını hemen görüyorum. Başkalarının da mekân içinde hareket ettiğini görmek huzur veriyor. Onların 1929'a doğru bakınca neler hissettiğini merak ediyorum. Onlara bir şeyler hatırlatıyor mu? O zamanlar toprak yol olan bu yoldan geçtiklerini, havada tam şimdiki uçağa benzeyen bir uçak gördüklerini hatırlıyorlar mı? Uçağın yavaşça ileri geçtiğini, yolun solunda gözden kaybolduğunu...? Tıpkı bu uçağın gözden kaybolduğu gibi...?

Yolun güneş tarafındaki şeridi üzerinde uçuşum bir alışkanlık. Acaba uçuşların ilk günlerinde âdet böyle miydi, diye düşünüyorum. Herhalde değildi. Güneş tarafında uçarsanız numaranızı okuyamazlar. Bir tür savunma alışkanlığı bu. Ama sanırım arasıra beni bazı sorunlardan kurtarmıştır. Meskûn olmayan yerlerde uçakların ağaçların hemen yukarısında uçmasına izin verildiğini bilen insan sayısı pek de fazla değildir. Eğer eski uçağımın gürültüsü birinin canını sıkarsa, pekâlâ numaramı alabilirler, ben de masumiyetimi kanıtlamak zorunda kalırım. Kurallar yalnızca bir tek şeyi, yerde buiulunabilecek herhangi bir *insandan* beş yüz fit uzak geçmemi şart koşmaktadır. Bu beş yüz fit, yalnızca yükseklik mi, yoksa yatay uzaklık mı, onun hiç önemi yoktur. Şu anda da rüzgârdan kaçmayı düşündüğüme, inebileceğim pek çok da düz alan görebildiğime göre, yolun beş yüz metre yanından uçmayı seçiyorum. Güneşin olduğu taraftan.

Yol boşalınca oraya kayıyorum, tekerleklerimi tam orta çizgiye hizalıyorum, ön cama doğru eğilip alçak uçuşun tadını çıkarıyorum. Telefon direkleri yanımdan geçiyor, tek dirseğimi pilot kabininin yan tarafına dayıyorum, kendimi sanki otomobil kullanıyormuş gibi hissediyorum. Tek farkı, çubuğuma dokunduğum anda tekrar göklere yükselebilmem.

Yarış arabası süren bir arkadaşım vardır, o işin dünyadaki

en zevkli iş olduğunu söyler. Ona göre. İşte bunu eklemeyi unutur. Bana göre demez. Başkaları için, örneğin benim için, ürkütücü bir zevktir bu. Yere çakılı merakların çoğu gibi, bunun da marjı yoktur, başka şeyler düşünmeye vakit bırakmayan bir iştir. Kesinlikle o dar asfalt şeridin üzerinde kalmak zorundadır bir kere. Karşıda bir şey belirse ya da yolun banketlerinden biri kusurlu olsa, sürücünün başı dertte demektir. Gaza bastığı sürece hep o arabayı sürmeyi düşünmek zorundadır. Oysa gökyüzü hayalciler içindir, çünkü o kadar çok marj vardır, o kadar çok özgürlük vardır ki orada! Eski bir uçakla havalanmak ve iniş yapmak biraz duyarlı iştir tabii. Ama uçuşun kendisi, yolculuklar ortaya çıktığından bu yana dünyanın en basit, en kontrol altında tutulabilen yolculuk türüdür. Karşıda bir şey mi var? Üzerine tırman. Çevresinden dolaş. Altından geç. Bir süre tepesinde dön, düşün onu. Yarış arabasındaki adam bunların hiçbirini yapamaz. Ancak durmaya çalışabilir. Oysa pilotun marjı olduğu için arkasına yaslanıp rahat edebilir. Upuzun dakikalar boyunca dönüp uçağının arkasına bakabilir, yukarısına, aşağısına bakabilir. İleriye bakmak, yerdeyken öğrenilmiş alışkanlıklardan kalmadır. Pilot havadayken yere ne isterse yapar. Onu yan çevirir, kıvırır, kafasının üstüne alır, kuryuğunun tam arkasına alır. Ya da aşağıda miskin miskin kaymasına izin verir, kendi kısık gözleriyle arasıra oraya bakıp tüm manzarayı sisli ve gerçek dışı bir kılığa sokabilir.

İşaretler, uyarılar ve uçuş acenteleri size durmadan, dikkatinizi her an o uçağı uçurmaya vermeniz gerektiğini söyler, dikkatinizin bir an bile dağılmasının felâket getireceğini tekrarlar. Ama insan belirli bir süre uçtuktan sonra, bu acentelerin kendilerini fazla ciddiye aldıklarını hemen anlar. Pilotluğa yeni başlayan öğrencinin daha ilk derste öğrendiği gibi, uçak kendiliğinden uçtuğu zaman, birinin onu uçurmasından daha iyi becerebilmektedir bu işi. Uçağı havada tutmak için gereken dikkat, yarış arabasını o dar yolun üstünde tutmak için gerekene benzer bir şey değildir. Temel ilkelere dikkat etmek, bir ağaca, bir dağa çarpmamak gibi kuralları izlediği sürece, pilot gökyüzünü, düşünmeden gezinebileceği bir yer gözüyle görür.

80 numaralı otoyolun bir fut yukarısında uçağımı sürerken, beş yüz fitte olduğum zamana göre çok daha fazla dikkat etmek zorundayım. Şimdi kendimi bir yarış arabasında hissedebilirim. Ama onun yüzleşebileceği tehlikeler bende yok. Virajı kaçırırsam koruyucu parmaklığın üzerinden geçiveririm, ya da oradaki taşları, kayaları, ağaçları aşıveririm, motorumda en küçük bir titreşim bile hissetmem.

İlerdeki tepeyi birdenbire görüyorum. Bir araba bana doğru geliyor. Haydi çubuğa ... güneşe doğru dön, beş yüz fite çık. İçin için gülümsemeden edemiyorum. Kendim böyle bir yolda gidiyor olsam, virajı alır almaz karşıma bir uçak çıksa, neler hissederdim acaba? Bir pilotun insanlara böyle şeyler yapması hiç hoş değildir. Yasal olsa bile. Düşünceleriyle başbaşa durumdaki zavallı bir sürücüyü korkutmak zorunda kalmamak için daha önceden tepelere doğru bakmam gerekirdi.

Böylece kendi yolumuza gidiyoruz, sonra yine otoyola yaklaşıp tekerlerimizi bir iki kere değdirecek kadar alçalıyor, ortadaki beyaz çizginin bir o yanında, bir bu yanında sıçrıyoruz. Hiç gereği olmadığı halde.

Kolumdaki saate bakınca biraz şaşırıyorum. Dört saattir havadayım ve şu anda bulunmam gereken yeri çoktan geride bırakmışım. İlerde Ranger kasabası. Haritada orada da bir hava alanı var deniyor. Daha iyi görebilmek için yükseliyorum, su kulesini, bir başka otoyolun kesişme noktasını, inşa halindeki bir binayı görüyorum. Bir de havaalanı. Bu kadar küçük bir kasaba için enikonu büyük bir alan. Kesişen üç toprak pist ve iki hangar. Bir tur at, rüzgâr tulumuna bak, sonra buraya bir taneden çok iniş pisti yapmayı akıl eden adama sessiz bir teşekkür yollayıp burnunu rüzgâra çevir, toprağa in.

Daha öğle bile olmadığı halde, Louisiana'dan bu yana beş yüz mil gelmişim. Pek çok gibi görünüyor. Gurur duyuyorum. Ama geçmişteki gelecekte ben bu uzaklığı bir saatten az zamanda alan uçaklara da binmişim. Hatta yirmi dakikada alanlara. Bu çelişkide anlamlı bir şeyler olmalı. Zamanın değişen spektrumu ve uçaklar. Ama şu anda yorgunum. Dört saat boyunca taş gibi bir paraşütün üzerinde oturmak yordu beni. Böyle bir anda anlamlar ve düşünceler, sabit bir toprağın üzerinde ayakta durabilmenin, birkaç adım atabilmenin yanında ikinci planda kalıyor. Uçuş artık hoş bir rutin olmaya başladı. Her şey tam istediğim gibi, plana uygun gidiyor. Ranger-Teksas'da ön camın ve gövdenin yağlarını siliyorum, ama planı da, geleceği de düşünmüyorum.

10

"Özür dilerim, bayım. O pervaneyi döndüremem. Krankı da çeviremem. Sigorta meselesi. Bana bir şey olursa, sigorta para vermez sonra."

Acayip, acayip, çok acayip. Motoru çalıştırmak üzere yerleştiğim pilot kabininde küplere biniyorum. Buralara kadar gelirken yardım etmeye meraklı onca insanla karşılaş, sonra burada, tam acele kalkmam gerekirken, elli derece güneşin altında, içi kürklü ceketimle ter döke döke, krankımı kendim çevirmek zorunda kalıyorum, alan görevlisi de kenarda durup beni seyrediyor. Öfkem çabucak enerjiye dönüyor. İnert hava tekeri haykırmaya başladığında, artık görevlinin korkularını düşünemeyecek kadar yorgunum. Starteri tutacak kolu çek, motor canlanıp kükresin, arkadaki kuru toz bulutunu silkele, ilerleyip burnunu rüzgâra çevir, frenleri bırak. Tekerlekler yerden kesilirken saatıma bir göz atıp bundan sonraki dört saati dakika dakika yaşamaya koyuluyorum. Saniye saniye. Dostum otoyol benim kılavuzum. Sanki hiç iniş yapmamışım. Sanki gündoğumundan beri şu pervanenin arkasında oturup duruyorum. Dün geceden beri. O gecenin öncesindeki günden beri. Califormia'ya varıp eve girmek hoş olacak.

Yan rüzgâr iyice güçlü bir esintiye dönüştü. Beni kuvvetle sağa itiyor. Otoyola açı oluşturarak uçmak zorunda kalıyorum, pervanemin parlak bıçağıyla rüzgâra karşı savaş veriyorum.

Rüzgâra karşı bıcakla savaşmak. Biraz şairane geliyor kulağa. Ama insan kendini göklerde kol gezen o kuvvetlerle omuz omuza bulduğu zaman, elinin altındaki her silaha ihtiyacı vardır. Pervane de pilotun silahlarından biridir. O döndüğü sürece, pilot tek başına kalmş sayılmaz. O dündüğü sürece, yan rüzgâra, kafa rüzgârına, denizdeki buza insanoğlu karşı çıkıyor sayılmaz, bir uçakla bir insanoğlu birlikte savaşıyorlar sayılır. Kendini o kadar yalnız hissetmez insan o zaman. Ama pervane de hiç zaafı olmayan bir arkadaş değildir. Onun zaaflarını bilmek, dara düştüğünde ona bir silah uzatmak da akıllıca bir şeydir. Pervane belki olanca cesaretiyle, tam devirde dönüyor olabilir. Dönebildiği kadar hızlı. Ama eğer uçak bir hava kitlesinin içine dalarsa, o hava kitlesi de, uçağın tırmanış hızından daha fazla bir hızla aşağıya iniyorsa, o zaman yararı yoktur, silah da, pilot da, yere doğru kayacak demektir. Ama biraz ileri görüşlülük, zaafı önceden kestirmek ve gerekeni yapmak, aşağıya akan esintiden kurtulmanın mümkün olduğunu bilmek, bir mil yana kaçıp havanın yukarıya yükseldiği bir yeri bulmak, durumu tümüyle değiştirecektir. Demek ki daha savaşmak için silahı kınından çekmeden önce, daha silaha ihtiyaç olmadan, hattâ savaşa girmeden önce, uçaktaki adam silahının ihtiyaçlarını karşılayabilir. Şu vadiye sağından mı girmeli, yoksa solundan mı? Bir yandan giriş, sürekli savaş demek. Ardı kesilmeyen bir düello. Hem rüzgârla, hem de yandaki dağla. Öbür yandan girmek için belki bir mil dolanmak gerek, ama düzgün bir uçuş. Yülseltiyi korumak için belki normalden az güç yeter. Böylece öğrenirken pilot artık sol taraf ve sağ taraf diye düşünmez olur. Rüzgâra karşı ve rüzgârla diye düşünmeye başlar. Öğrenci pilot ilk başlarda rüzgârı hiç dikkate almamak ister. Onu düşüncelerinden uzağa kovar, çünkü zaten yeterince sorunu, kaygısı vardır. gözünün bile göremediği bir şeye neden kaygılanması gerektiğini bir türlü anlayamaz. Cevabı sonradan öğrenir öğrenci. Mesele rüzgârı görebilmektedir. Rüzgâr dev bir hava okyanusudur. Yeryüzünün kayalık dibi üzerinde dolanır durur. Okyanus dalgaları dağın yamacından aşağı nasıl yeşil bir dalga halinde boşalırsa, rüzgârdan da aynı şeyi beklemek gerekir. Okyanus nasıl bir sivri kayanın dibine çarpıyor, tepelere sıçrıyorsa, rüzgârın güçlü olduğu bir günde bilinmedik bir güç aynı şekilde uçağı kapıp göklere fırlatacaktır. Tepelerin, dağların, hep rüzgâr yönüne uygun tarafında uçarsanız, kolay uçarsınız, savaşı kazanmak ya da savaştan kaçınmak için silahını kullanmasına gerek kalmadığını bilen birinin güveni içinde olursunuz.

Etrafta dağlar varsa, gökyüzünü tanıyan bir pilot, yerdeki sıcak noktalardan ılık mavi havanın yükselmekte olduğunu da görebilir. Bir an o hava sütunlarından birinin üzerinde durun, küçük turlar atın. Uçağın kendiliğinden yükseldiğini göreceksiniz. Yalnız gözüyle gördüğüne inananların inkâr ettiği bir asansör, sizi alıp yukarlara çıkarır. O halde uçağı uçuran adamın çok iyi pilot olabilmesi için gözle görülmeyene de inanması gerekir.

İnsan inanmadan da havada uzun süre kalabilir, çünkü inanmamanın tek sonucu motoru biraz daha zorlamak, pervaneyi biraz daha aşındırmaktır. Ama insan yeterince uzun süre ve yeterince uzak yerlere uçarsa, gün gelir, inanmakla inanmamak arasındaki fark, sorun çözme oyununu kazanmakla kaybetmek arasındaki farka dönüşür.

İlerde gökyüzü rüzgârın savurduğu tozlarla kahverengine dönüyor. Tozlar Teksas'da hep havadadır. Zaten yolumun üzerindeki Teksas kentlerinin adları da bu yüzden öyle seçilmiştir : Gladewater, Clearwater, Sweetwater, Mineral Wells, Big Spring. Hepsi suyun çevresinde dönen kelimeler. Bu toprağın bütünü suyun çevresinde, ama toprakta yeterince su yok ... onlar da bu açığı, düşünceyle, kentlere su adları vermekle kapatıyorlar.

Başımı kaldırınca tozların benden çok daha yükseklere vardığını görüyorum ... altı bin, belki sekiz bin fite. Bunun üzerine tırmanmaya çalışmak boşuna olur. Rüzgâr tam kafadan gelmeye başlar, aşağıdaki arabaların beni geçmeye başladığını görürüm. Şu anda hızlı otomobillere baktığımda zaten zor kazanıyorum yarışı. Bu da tatsız bir duygu. Otoyolda mavi bir station-wagon var. Tepeleri tırmanırken biraz arkama kayıyor, yokuş inerken önüme geçiyor. Dakikalardan beri birlikteyiz onunla. O kadar uzun süreden beri birlikteyiz ki, yolcular artık başlarını camdan çıkarıp yakınlarından uçan pırpıra bakmıyorlar bile. Kadın gazete okuyor. Omzunun üzerinden bakmakta olduğumu biliyor mu acaba? Nereden bilecek? İnsan havadaki uçağın pilotunun yerdeki arabayı farkedeceğini bile düşünmez, nerede kaldı içindeki insanları!

Kocaman, yamyassı bir alan var çevrede. Göz alabildiğince. Buraya on bin biplan sığar, rahatça da uçar. İlerdeki toz önümü görmemi engelleyecek kadar yoğunlaşırsa, ona arkamı dönüp rüzgâra yönelmek, aşağıdaki ilk uygun düzlüğe inmek kolay olacak. Rüzgâr ne kadar güçlüyse, pırpır o kadar kısa bir alana inebilir. Rüzgâr saatte elli beş mile çıkarsa, pistte hiç ilerlemeden iniş yapabilirim. İstersem ineceğim yerin üzerinde bir saat bekleyebilirim, sonra yasemin dalına konan serçe gibi konuveririm yere. Ama yine de yer düzeyindeki rüzgâr pek hırçın görünüyor. Otoyolun üzerinden habire kumları uçuruyor, kuru ağaçları eğiyor, kendi arzusuna göre davranıyor onlara.

İlerliyoruz. Bundan sonra ne olacak diye merak ediyorum. Acaba toz ve rüzgârdan mı ibaret bu karanlık durum. Yaklaşan savaşın daha etobur bir yanı yoksa sanki hayal kırıklığına uğrayacakmışım gibi bir halim var.

Kahverengi ovanın küçük kasabaları yavaş yavaş beliriyor, yavaş yavaş arkamda kayboluyor, rüzgâr da giderek biplan'ın tam karşısından esmeye başlıyor. Kendi kendime, rüzgâr elbette ki uçağa esmiyor, diye hatırlatıyorum.. Benim hissettiğim rüzgâr, uçağın geçerken kıpırdattığı havayla pervaneden gelen esinti. Derin bir hava ırmağındaki japon balıkları gibiyiz. Bir yandan suda yüzüyoruz, bir yandan da su bizi taşıyor. Uçuş mesleğindeki gençlere söylenen klasikleşmiş bir söz vardır. "Kasırganın içinde balonla havalanırsan, açık havada mum yakabilirsin ve alevin hiç titremez. Çünkü hızın rüzgâr kadardır, dostum. Tıpkı nehirdeki japon balığı gibi."

Bu kasırga-mum kuramı hiç denenmiş mi, emin değilim. Ama insana mantıklı geliyor. Japon balığı da herhalde kendisiyle ilgili söylentilerin doğru olduğunu biliyordur.Ama yine de, yapayalnız bir otoyolun üzerinde, rüzgâr altında, bu kabinde otururken, bunları kabul etmek insana zor geliyor. Belki yanımda bir mum olaydı...

Mum olsaydı bile, bu sefer balona ihtiyacım olurdu. Sakin ol, pilot, sen uçmana bak. Görüş daha kötüleşirse inmek zorunda kalacaksın, biliyorsun.

Otoyolda yapayalnız bir otomobil gelip beni kolayca geçiyor.

Çok yeni ve lüks bir araba olduğunu görüp bununla avunuyorum. İstese herhalde saatte yüz mil de gidebilir. Kuçük kentciklerde insanlar dış dünyayı rüzgâra bırakmış. Uzun dakikalar boyunca altımdan geriye doğru kayan bu yerleşim yerleri bana Fransa'daki köyleri hatırlatıyor. Bomboş. Issız. Gün ortasında bile pancurlar kapalı. Fransız köylülerinin nerede yaşadığını hiçbir zaman anlayamadım, köylerin ve evlerin neden kurulmuş olduğu konusunda diğer pilotlar kadar şaşkın döndüm ülkeme.

Kumların arasından, otoyolda daha uzun bir dizi benzinci bulunduğunu zar zr görebiliyorum. Bir kent yaklaşıyor. Dizimdeki haritaya bakıyorum. Kent, kent, kent, dur bakalım. Bu kent olsa olsa ... Big Springs olmalı. Garip bir isim ... hele şu anda. Kentin kuzeyinde bir havaalanı olmalı. İnmeyi düşünmek zorundayım. Yo, inmem. Depoda daha iki saat var. Yoluma devam edersem tozun en kötü bölümünü aşabilirim. Kimsenin beş silindirin sesini bu rüzgârda duyamayacağından eminim ama yine de kentin üzerinden geçmek için yükseliyorum. Bazı konularda kurallara uymak bir alışkanlık oluyor. Kenti geçmek için yedi dakika. Pek hızlı gitmediğim bir gerçek. Ama eğer dikkat eder, işime bakarsam, rüzgâr az sonra sağ yan rüzgâr olacak, beni sola itecek ... uğurlu tarafa.

Uzun bir bekleme. Paraşüt yine altımda taş kesiliyor, tasarımının gerektirdiği gibi yastık falan olamıyor. Aşağıda yavaşça Midland geçiyor. Sonra Odessa. Yüksek binalar yerin derinliklerinden uzanıp başımı döndürüyorlar. Onlara bakamıyorum. Birçok pilotlar gibi bana da elli bin fitte uçmak daha kolay gelir de, iki katlı bir binanın tepesinden bakamam. Odessa sokaklarında birkaç kişi var. Giysileri uçuşuyor. İlerde gökyüzünün rengi biraz daha parlaklaşmıyor mu? Gözlüklerin gerisinde gözlerimi kısıp bakıyorum. Batıda belki ... ama yalnızca belki ... hava biraz daha duru. İçimdeki beklenti hemen son buluyor. Hepsi bu kadar işte. Kısa bir toz fırtınası. Hırçın bile değil. Bu hasmımı hemen yenilgiye uğratmışım. Monahans'da inmek için bir tur. Yüz fitten kısa pist bile yeter vaktinde durmama. Ne kadar güvenli bir duygu! Uçağı neredeyse yere indikten sonra bile uçurabilirim ... sırf rüzgârla.

Ama indikten sonra, yüzü rüzgâra dönük olmadığı anda insan çok dikkatli olmalı. Uçaklar yerde yavaş hareket etsin diye yapılmamıştır. Dikkatli gitmez, uçuş kontrollerini iyi kullanmazsak, güçlü bir rüzgâr onu kaptığı gibi sırtüstü yere savurabilir. Uçaklar yerde dururken güneşten ve havadan gelen pek çok hakarete dayanırlar ama dayanamayacakları iki şey varsa, bunların biri güçlü bir rüzgârdır. Öteki de tabii dolu yağmasıdır.

Ağır ol, ağır ol. Benzin pompasına doğrulman gerek. Rüzgâra dön. Motoru sustur. Bu yolculukta saldıracak başka ejderler olmaması yazık. Bundan sonra hava ancak daha iyi olabilir, hattâ ilerde kuyruk rüzgârı bile yardıma gelebilir. İlk pilotlar demek o kadar da zorlu mücadeleler vermemişler. Teksas'ın bir parçasını aşmak kaldı, New Mexico var ... bir de Arizona. Ondan sonra evimizdeyiz. Hemen hemen olaysız bir uçuş. Acele edersem yarın gece eve varabilirim.

Bunları düşünerek benzin hortumunu deponun ağzına tutuyorum, kırmızı sıvının karanlığa doğru akışını seyrediyorum.

11

Yeri teker altına almaktan vazgeçip göğü kanat altına alıyoruz yeniden. Yukarısı hemen hemen duru. Yine seyir otoyolunu sadakatle izlemeye başlıyoruz. Yol bize El Paso'yu işaret eden çatlak bir oka benziyor. Bu gece El Paso ya da şansım varsa belki Deming, New Mexico. Yine alçaktan uçuyoruz. Gerimizde gökyüzü o tozlardan yanık kehribar rengi. Güneş yavaşça dönüp gözümüzün içine parlıyor. Yüksek, görünmez bir kapıdan geçip çöle giriyoruz. Çöl birdenbire altımızda. Bize bomboş bir ifadeyle bakıyor. Ne gülümsüyor, ne de kaşını çatıyor. Yalnızca orada *bulunuyor* çöl. Ve bekliyor.

Karşıda belli belirsiz sisli mavi siluetler. Dağlar. Henüz hayal dağlar. Bulanık. Yumuşacık titreşimler içinde. Üç tane. Solda, sağda, bir tanesi de inanılmaz sarp yan yamaçlarıyla, çok hafif sağda. Serüvene susayan, şimdiye kadar uyuyorken uyanıveriyor, *Belki de savaş!* diyor. Ne bekliyor bizi karşıda? Ne görüyorsun orada? Koşullarla boğuşma şansı var mı? Mırıltılarla tekrar uyutuyorum onu. Karşımızda değirmenler olmadığı, öldürecek ejderhalar olmadığı konusunda güvenceler veriyorum.

Uzun dakikalar boyunca uçup güneşin, rüzgârın altında gevşiyorum. Pırpır ortası beyaz çizgili pusulayı ufka doğru izlemek için hafif birkaç dokunuştan başka bir şeye ihtiyaç göstermiyor. Yol belli b lirsiz sola kıvrılıyor, uçak da onu izlemek üzere dönüyor. Güneş de, rüzgâr da yumuşak ve ılık. Bu uçuşun El Paso'ya varmasını beklemekten başka yapacak bir şey yok. Sanki kendime Monahans'dan uçak bileti almışım, şimdi beni hedefime kaptan pilot götürüyormuş gibi.

Çölleri geçerken, yüz yıl önce bu havanın içinden bakmış kimseleri düşünmeden edemem. Güneş gökyüzünde bir ateş topuyken, rüzgâr da yere yakın dolaşan tırtırlı bir bıçakken. Ne cesur insanlar! Yoksa yurtlarını bırakıp batıya göçmeleri cesaretten değil de, bu yolun sonunda neler olduğunu bilmemekten mi kaynaklanıyordu? Yerde araba izleri arıyorum, bulamıyorum. Bir tek o otoyol var. İş işten geçtikten sonra gelen otoyol. Bir de bu beyaz çizgi. Güney batıya doğru.

Büyük bir saygıyı hak ediyorlar. Bir kıtayı aşmak için aylarca yolculuk. Oysa eski bir biplan bile bir haftada alabiliyor o yolu. Kalıp bir söz bu. Kolaylıkla alaya alınabilecek bir söz. Ama bu arazinin üzerinden geçip de o insanları düşünmemek çok zor. Gözünüzde canlandırsanıza ... aşağıda *insanlar !* Yüzeyde. Güneş altında öküzlerini süre süre! Bir saatte yetmiş mil yapan biplan'a bile bu tekdüzelik sıkıcı geliyorsa, o aylar süren yolculukta nasıldı acaba?

Tüfek namlusunu andıran yoldan başımı kaldırıp ufka bakınca buz gibi bir şoka kapılıyorum, içimdeki serüvenci yine doğrulup dimdik oturuyor. Üç dağ yine karşımda. Biraz daha net. Ama ortadaki dağ ... hani şu inanılmaz sarplıkta yan yamaçları olan

... hareket etmiş, dosdoğru benim yolumun ortasına gelmiş. Doruğundan sanki beyaz bir örs yükseliyor. Şimdi bakınca eteklerinde de eğik yağan yağmuru görebiliyorum. Burada yapayalnız değilim demek. İlerdeki yüksek, beyaz fırtına, gökyüzünde ne varsa emip yutan hipnotik bir kişilik gibi.

Kaçması kolay ondan. Açığından geçebilmek için dünya kadar yer var. Şuradan sağa kaçarım ... SAVAŞ ONUNLA! Yine serüvenci.Uykusu iyice açılmış. Parlak, hızlı olayların olmasını bekliyor. SAVAŞ, EVLAT! SEN KORKAK, PISIRIK BİR HANIMEVLADI DEĞİLSİN, DEĞİL Mİ? BİR DAMLA CESARETİN VARSA O NESNENİN İÇİNDEN UÇARSIN! HEYECAN VAR ORADA! FETHEDİLMEYİ BEKLEYEN BİR ŞEY VAR!

Öff, uyumana bak sen. O fırtınanın içinden uçmak için delirmiş olmam gerekir. En iyi ihtimalle sırılsıklam ıslanırım, en kötü ihtimalle de biplan'ı parçalarım.

Bulut tepeme doğru geliyor. Tepesindeki örsü, biplan'ın üst kanadının tâââ tepesinde görüyorum. Bulutun sonunu görebilmek için kafamı geriye atmam gerekiyor. Sağa dönmeye başlıyoruz.

Tamam. Pekâlâ. Kaç bakalım. Korkuyorsun ondan. Çok güzel. Fırtınadan korkmanın ayıp bir yanı yok. Tabii alttaki yağmurun içinden uçmak, fırtınanın merkezinden geçmek kadar zor değil. Ben senden o merkezden geçmeni istemiyorum ki! Yalnızca yağmurdan! Çok küçücük bir macera. Baksana, yağmurun içinden hemen hemen fırtınanın öbür yanını görebiliyorsun. Orada hava yine açık. Sen devam et. Kaç bakalım. Ama bundan sonra bana cesaretten söz edeyim deme. Bayım, eğer bu bir damla yağmurun içinden de uçamıyorsan, senin cesaret konusunda zerre kadar fikrin yok demektir. Bunun da kötü bir yanı yok tabii. Korkmanın, korkak olmanın bir sakıncası yok. Ama ...

sakın seni bir daha gösterdiğin cesaretleri düşünürken yakalamayayım.

Çocukça bir şey tabii. Kaçınmak için hafif sağ yapmak yeterliyken fırtınanın içine uçanlara, cesur değil, çılgın denir. Gülünç bir şey. Eğer ben tedbire, ihtiyatlı harekete inanıyorsam, bu inancımı savunmalı, fırtınanın çevresinden dolaşmalıyım.

Pırpır sola dönüyor ve burnunu kara yağmurun içine çeviriyor.

Doğrusu yakından bakınca *ürkütücü* bir görüntüsü olduğu kesin. Ama ne de olsa yağmur yalnızca. Belki biraz da türbülans. Bulutun tepesi artık tepemde gözden kayboldu. Güvenlik kemerini sıkıyorum.

Motorun aldırdığı yok. Tayfunun içinden geçsek, yine aldırmaz motor. Beş silindir, ıslak yolun üzerinde hâlâ uğulduyor. Bulutun karalığı altında yol da çok matlaştı.

Hafif bir türbülansın dokunuşu. Hafif. Bir dürtme. Ön cam ilk yağmur damlalarını alıyor. İşte geldik. HAYDİ BAKALIM, FIRTINA! BİR UÇAĞI DURDURACAK KADAR BÜYÜK SANIYORSUN KENDİNİ, ÖYLE Mİ? BENİM DOĞRU YOLDAN UÇMAMI DA ENGELLEYEBİLİR MİSİN DERSİN?

Cevap hemen geliyor. Dünya kaskatı, çelik levha gibi bir yağmur tabakasının altında griye dönüşüyor. Göründüğünden çok daha yoğun, çok daha sert bir yağmur. Motorun ve rüzgârın uğultusuna rağmen, damlaların kanatlarda çıkardığı sesi yine de duyabiliyorum. Dayan, evlat.

Yağmurun içinde bin fit yukardayız ... ve birdenbire, hiç uyarısız ... motor duruyor.

Ulu Tanrım.

Sağa sert dönüş. İnecek dar bir alan ara. Seni budala. Demek çevresinden dolaşamazmışsın, öyle mi? Belki otoyola ineriz yoo otoyol yan rüzgâr alıyor hem yağmurdan da kurtulmak zorundayız. İnecek birkaç yer var ama uçağın sonu olur oralar. Yığınla kum. Onları birarada tutan birkaç ot. Ne büyük budalalık. Fırtınanın altından uçmakmış.

Bulutun altından kayıyoruz. Sağnak bir anda kesiliyor. Motordan bir vuruş. Silindirlerin biri kaptırıyor. Levyeyi pompala, ah, yağmurun çevresinden dolanmış olsaydın. Manyeto düğmesini *Her İkisi* yazandan *Sağ* yazana çevir. Arkada ilk yardım çantasıyla su var. Bir iki silindir daha, büyük çabalarla hayata dönüyor, ama bu dengesiz bir mücadele. Bir vurup üç pas geçiyor, sonra yine bir vuruyorlar. Manyetolar. Manyetolar ıslanmış olmalı. Tabii. Şimdi biz yere değmeden kurumaları gerek. Haydi bakalım küçük manyetolar.

Beş yüz fitteyiz. Kumların üzerinden temiz asfalta dönüyoruz. İyi giderse uçağa zarar vermez. Her şey tam yolunda giderse. Şu güneşi hissedin, manyetolar. Bugün size başka fırtına yok. Birkaç silindir yine kaptırıyor. Biraz daha sık hem de. Düğme sağ manyetodan sola gidiyor, bu sefer kaptırmalar tümden kesiliyor. Çabucak sağ manyetoya dönüş ... pervane daha hızlı dönüyor. Arada birkaç saniyelik süreler boyunca motor normal çalışıyor. Sesi o eski çarklı motorlar gibi. İkide bir kesiliyor. İşte. Arada hep atlıyor ama artık pırpırı havada tutacak kadar çalışıyor. Haritayı ara, nereye düştüyse bul. Bir sonraki havaalanına kırk mil. O alan Fabes-Teksas'da. İşte sana bir sorun. Güvenli iniş yapabileceğim bir yere mi yanaşmalıyım, yoksa çölde kırk mil gidip motorun çalışmaya devam edeceğini mi ummalıyım? Şimdi inersem, her şey de yolunda giderse, manyetoları kurutabilirim, yine havalanırım, El Paso'ya varmayı garantilerim.

Bir başka ilginç şey daha. Motor durduğunda korkmamıştım. İniş yapmak zorunda olduğum kesindi. Başka seçenek yoktu.

Toprak. Nokta. Ne tartışma vardı ne de korku.

Ama şimdi kaygı duyacak zaman var. Bir pilotu kaygılandıran şey mecburi iniş değil, bunun ne zaman olacağı konusundaki güvensizliktir. Motorun her an durmasını beklemem doğal. Dursa hiç de şaşmamam gerekir. Hattâ motor bir daha çalışmasa ... hemen hemen sevinirim. İniş yapmaktan başka seçeneğim kalmaz, hayat çok kolaylaşır. Şimdi yapılacak şey biraz yükselmek, altımda da her an çölün düzgün bir yerinin hazır bulunduğundan emin olmak. Böylece Fabens yoluna koyulurum. Her an uygun bir alana planör inişi yapacak yerde olurum. Fırtınaya uçan insanlar amma budala.

Bu planı eyleme dönüştürüp pırpırı çölün üzerinde yükselme mücadelesine sürüklediğimde, motorun beş saniye çalışıp yarım saniye durduğunu, sonra altı saniye çalışıp yine yarım saniye durduğunu görüyorum. Önümde yolculuğun en zor kırk mili uzanıyor. Motor durduğunda pilotların izlemesi gereken kesin kurallar var. Korku söz konusu olamaz. Ama motor tam durmuyor. O halde ne yapmalı? Bunu bu gece, bir kâse çorba yiyip bir bardak buzlu su içerken düşünmeliyim.

Levye tam açık olduğu halde pırpır normalden yavaş uçuyor. Levyeyi geri çekince motor duruyor. Manyeto düğmesini çevirince yine duruyor. Çok özel koşullar altındayken, çalışmayı ancak sürdürebiliyor. Bir deneyelim şunu. Dururum yine korkusuz ve güvenli oluruz. Onun bir tahta yığını haline gelmesi umurumda bile değil. Yarasız kurtulacağımı biliyorum. Ve daha başka avutucu sözler.

Fırtınanın sağ kenarının çevresinden dolaşıyoruz. Onun varlığının farkında bile değilim. Küçük biplan'ın gökte ilerlemesine yardımcı oluyorum. Kendimi korkutmak istersem manyeto düğmesini sağdan sola alıp o sessizliği dinlemem yeter. Serüvenci hâlâ uyanık ve ayık. Düğmeye karşı duyduğum korkuyu yenmem için zorluyor beni. Onun hatırına, aşağısı çöl olduğu halde o sessizliği dinlemekten yine de korkmadığımı göstermek için, uzanıp düğmeyi çeviriyorum. Ama yararı yok. Beni yine korkutuyor. Oysa motor kendi kendine dursa ve bir daha çalışmasa ... en ufak bir korku bile duymayacağımı biliyorum. İlginç. Bir yığın küçük zihinsel kıpırtılar. Bu uçuşta mekik gibi çalışıyor düğmeler. Fazla mesai yapıyor. Bir düzlükten bir düzlüğe, bir başka düzlüğe doğru yol alıyorum, motor bir süre iyi gidiyor, sonra yine duruyor. Zihnimde manyetoların bir resmi var. İkisi yanyana, motorun yuvasında. Karanlık orası. Yağlı bir sis dolaşıyor. Ama ben manyeto yuvalarının bağlantı yerlerinde su damlalarını görebiliyorum. İkide bir bir damla kopuyor, manyetoların üzerine düşüyor.

Fırtınanın öbür yanında yolu tekrar buluyorum ve ondan biraz rahatlama duygusu alıyorum. En azından yola inebilir, hareket halindeki bir takım insanlara yakın olabilirim. Otomobilcilerin havacılar için ne kadar önemli olduklarını bilip bilmediklerini düşünüyorum. Kuyruk rüzgârı varsa, uçak otomobilleri kolayca geçebiliyorsa, havacıya bir sevinç sunuyorlar. Trafik sıkışmışsa, uçak bir saniyede on arabayı birden geçebiliyorsa, yine sevinç. Issız yerlerde bir güvence. Hayatın varlığına işaret ediyorlar o zaman. Ve son büyük yardım ... sevinç bitince, havacı yola inip yardım istemek zorundaysa.

Pırpırın burnunun ötesinde, yolun sağ tarafında buluyorum aradığımı. Önce hemen ilerde gibi görünüyor, sonra planör inişine uyacak kadar yakın olmadığını kavrıyorum ... demek ki tedirginlik verecek kadar uzak. İşte sonunda Fabens'e ulaşıyorum. Motor ister dursun, ister durmasın, umurumda bile değil. İçime serin bir rahatlama duygusu doluyor. Rüzgâr dosdoğru aşağıdaki toprak pistin ucundan esiyor. Şans üstüne şans! Levye geri, planör dönüşü, hızla alçalış. Bir düşünsenize! Yükselti ne kadar çok. Kendimi yüz dolarlık kâğıt paralarla ateş yakan zengin biri gibi hissediyorum. Toprak pist üzerinde yatay duruma geç, çubuğu gevşet ... yine iniyoruz. Ve durduk. Yaşasın! Ayağımın altında toprak ... sert ve düzgün .. bir de benzin pompası! Bir Coca-Cola makinesi!

Fabens-Teksas, seni asla unutmayacağım.

12

Fabens'de bir restoran var. 80 numaralı otoyol üzerindeki motelin parçası olarak çalışıyor. Ülkenin tüm diğer kafe ve restoranları gibi burası da suçlu tipler için çok rahatsız bir yer. Rayville'de şerif kahvaltıya gelmişti. Fabens'de de otoyol devriyesi var. Kapıya, çakılların üzerine iki polis arabası parketmiş, dört tane siyah üniformalı, altılık tabancalar taşıyan memur bar taburelerinde kahvelerini yudumluyorlar, El Paso'da önceki gece yakalanan katilden söz ediyorlar.

Onlar konuşurken ben kendimi suçlu hissediyorum. Hâlâ etrafta katil aramadıklarına memnunum. Oldukça kuşku çeken biriyim. Barın öbür ucunda tek başıma oturuyorum, kaçamak hareketlerle açmamı yiyorum. Uçuş tulumum âlet kutusunun yağlarından lekelenmiş, Midland-Odessa tozlarından leş gibi. Çizmelerim pistin tozundan bembeyaz kesilmiş. Birdenbire farkına varıyorum, sağ çizmeme takılı bıçağım da pek kötü. Saklı silah. Sol çizmemi sağın üzerine atıyorum, kendimi giderek daha kötü hissediyor, yasa kaçakları gibi davranıyorum.

"Hava alanına kadar götürelim mi, Bayım?"

Kakao fincanımın tabağa koyarken çatırdaması inşallah beni katil gibi göstermez, diye umuyorum.

"Siz o biplan'la gelensiniz, değil mi?"

"Bunu nereden biliyorsunuz?"

"Dün gece gelirken gördük sizi. Ben de arasıra uçarım biraz ... Cessna 150."

Saklı silahımı unutuyorum, alana götürülmeyi kabul ediyorum, sohbet katillerden uzaklaşıp uçuşların o eski, mutlu günlerine dönüyor.

Şafak sökerken manyetolar kupkuru. Havalanmadan önce motoru çalıştırdığımda hiç tekleme olmadı. Sorunum oydu benim. Başka açıklaması yok. Manyetolar ıslanmıştı. Onları kuru tuttuğum sürece motorlarla başka derdim olmayacak.

Böylece güneş daha tam doğmadan, tek bir biplan, Fabens-Teksas'da yerden ayrılıyor, batıya giden otoyolu izlemek üzere dönüyor. Uyum sağlamak biraz vakit alıyor. Dünkü tatsız zorlukları ben bu pilot kabininden görmüştüm. Güvenin geri dönmesi ve zorlukların gerçekten yok olması bir iki dakika alacak. Manyeto selektörünü *Sol'* dan *Sağ'* a geçirince motorda hiçbir ses değişikliği duymuyorum. Bundan iyi bir kontak sistemi olamaz gibi geliyor. Ama inebilecek bir yeri her zaman yakınlarda bulundurmak iyi bir uygulamadır.

El Paso ... kendi öz dağlarıyla ... günün ilk ışıkları altında. Güneşi bu dağda daha önce de seyrettim. Ama şimdi zamanları çabucak, anlam aramadan düşün. Buraya daha önce de gelmiş olduğumu biliyorum, o kadar. Ne var ki bu sefer El Paso'dan çabucak ayrılmam gerek. Yalnızca bir kilometre taşı. Arkamda kalan, küçülen bir işaret.

Yol da yok oldu. Bundan sonraki seksen mil boyunca seyir geleneksel usulde : demiryolu. Burası da ne çölmüş hani! Görüş uzaklığı herhalde yüz mil. Sanki gri bir gazete sayfasına mikroskopla bakıyorum. Çöl bitkilerinden kümeler, arasıra kumullar. Her bitki kümesi komşularından tam sekiz fit uzakta. Bu kümelerin herhangi biri çölün tam ortası olabilir, ötekiler de çevresinde sonsuzluğa kadar böyle yayılıyor olabilir. Harita bile bu noktada pes ediyor ve içini çekiyor. Demiryolunun simsiyah çizgisi, buralarda hiçbir şey olmadığını gösteren o minik noktacıklar arasında santim santim ilerliyor.

Şimdi stop edersen, ey motor, bir sonraki treni ne kadar beklemek zorunda kalacağımızı görme fırsatı doğar. Alçaktan uçmaya cesaretim yok. Bir kere, iniş yerlerini daha geniş açıdan görmek istiyorum. İkincisi, o rayların üzerinde pas göreceğimden korkuyorum.

Sağ manyeto. Güzel. Sol manyeto ... Ufacık bir tekleme değil miydi o? Olamaz. Haydi, çabuk, *Her İkisi* yazan yere çevir. Bu da ıslık çalıp cesaret bulma süresi. O anda ufacık bir boğulma olmuştu, eminim. Her motorun su yüzüne çıktığında, yerden planör uzaklığına vardığında çıkardığı ses. Evetevet, bildiğimiz Automatic Rough. Her zamanki şakasını yaptı. Haritaları yeni baştan incelemek gerekmeyecek.

Pür dikkat dinliyorum. Motorun dengesiz temposunu duyuyorum. Cevapsız kalan tek soru, bu dengesiz temponun normal olup olmadığı, çünkü daha önce bu motoru hiç böyle dikkatle dinlememiştim. Dikiş makinesini böyle dinlesem, hangi dikişleri atladığını duyarım. Teknisyenlerin dediği gibi, insan bir terslik saptamadıkça bir şeyi onaramaz. Teklemenin daha kötüleşmesini beklemek zorundayım.

Aşağıda çölün rahatsız milleri akıp geçiyor. İnsanın motoruna güvenini apansız kaybetmesi gerçekten de çok şeyi değiştiriyor. Motora ne kadar az güvenirsem, onun da güvene o kadar az lâyık olacağını düşünmeden edemiyorum. O zaman küçük dikiş makinem tam çöker.

Haydi bakalım, notor; sana olanca inancımla güveniyorum. Çalış bakalım, küçük şeytan. Eminim, istesem bile durduramam seni ... o kadar iyi çalışıyorsun. Dayanma rekorları kıran, St. Louis ruhunu Roosevelt Alanından Le Bourget'ye çeken öbür kardeşlerini hatırlıyor musun? Senin çölde stop etmek niyetinde olduğunu duysalar hiç de mutlu olmazlardı, öyle değil mi? Bak, dünya kadar yakıtın var, sıcacık ve güzel ... hava da nefis. Tam uçuş havası, sence de öyle değil mi? Evet, gerçekten çok güzel bir sabah.

Acelem var, çok acelem var. Öğreniyor muyum, öğrenmiyor muyum, vız geliyor artık. Önemli olan tek şey bu motorun çalışmaya devam etmesi ve çabucak California'ya varmamız. Öğrenme denilen şey sisli, ufacık bir çiçek. İnsan gözünü kırpıp başka şeye kafasını taktığı anda uçup gidiyor. Acelem oldu mu, uçak hemen ölüyor, sessizleşiyor altımda. Ve ben de yoruluyorum. Makineyi havada uçuruyor, ama hiçbir şey öğrenmiyorum.

Ufukta demiryolunun ilk kavisi görünüyor. Kavisin ardında da Deming, New Mexico. Deming'e sağ salim varacağız, değil mi sevgili motor? Elbette varacağız. Deming'den sonra da Lordsburg. Vay canına, evden hiç de uzakta sayılmayız, değil mi? Sen takırdamaya devam et, dostum. Takırdamaya devam et.

İşte Deming geliyor ve yanımızdan kayıyor. Otoyol yine beliriyor altımızda. Motor hiç yakınmıyor. Lordsburg'dan sonra, Arizona'ya harita dışı uçacağım. Ama yolu izlersem kesinlikle Tuscon'u bulurum. Pilot kabininde oturup, pudraı gibi görünen toprağın geriye kayışını seyrediyorum. Dağlar artık birer sürpriz.

Haritasızım. Buraları keşfedilmemiş alan bana. Elimde bundan sonra ancak Tuscon'un haritası var.

Yol bir an kıvrılıyor, kayalık tepeler arasından geçiyor. Sağda kerpiç bir ev, solda birkaç dağ evi. Motor yağı kadar dümdüz bir gölün başında nöbet bekliyorlar. Rüzgârın zerresi yok.

İnsan nerede olduğunu bilmeyince kesinlikle sabırsız oluyor. Haydi, Tuscon. Bu kıvrımın ardında mı? Bunun mu? Tamam, Tuscon, haydi, haydi.

Issız bir vadi boyunca ilerliyoruz. Tepelerde sesler yankılanıyor. Tuscon'da çevremize bakınmamız gerekecek. Büyük hava alanları, büyük uçaklar var orada. Aaa, ben Alabama'dan beri bir tek uçak bile görmedim! Dallas üzerinde bile, benimkinden başka tek uçak yoktu. Bir de gökyüzü kalabalık derler. Ama belki de ilk bin fitlik yükseklik gökyüzü sayılmıyordur.

İşte, şu ilerdeki ... kesin. Sinemalardaki gibi. Hani adamın biri "Kara göründü," diye bağırır da, kamera dönünce karayı yüz metre ilerde gösteriverir. İşte havada gümüş bir pırıltı. Uçan bir uçak. Toscon Uluslararası hava alanına inmek üzere olan bir yolcu uçağı. Yolcu uçağı! Gökyüzüne öyle yabancı duruyor ki! Sanki bir uçağın yağlıboya resmiymiş gibi, görünmez raylar üzerinde piste doğru kayıyor.

Sağ tarafta dev gibi Davis-Monthan Hava Üssü var. İniş pistinin boyu üç mil. O piste enine insem, yine de mesafe artar. Ama o üsten havalanan dağlar kadar ağır uçaklar bazen kalkabilmek için her santimi kullanmak zorunda. Ne biçim bir uçuş o öyle!

Şuracıkta, park rampasının köşe yaptığı yerde, bir hafta sonu tek başıma duruyordum. Çalışmayan bir savaş uçağının yanıbaşında. Kontağında bir şey vardı. Deposuna, kuyruk borusuna ne tür yakıt doldurursam dolduayım, bir türlü kavramıyordu

... yanmasını sağlayamıyordum. Bir gazeteyi tutuşturup o kuyruğa fırlatmayı bile düşündüm. Hem de ciddi ciddi. Sonra koşup pilot kabinine atlarım, levyeyi açıp yakıtı her yana püskürtürüm, dedim. Ama o sıra bir teknisyen geçti oradan. Kontak sistemini onardı. Ben gazeteyi ve kibriti bulamadan onardı. Acaba ne olurdu, hep merak ederim.

Bir başka uçak daha. Küçük bir uçak. Şu altımdaki gökte. Ona kanatlarımı sallıyorum. Farkına varmıyor. Belki de varıyor da, uçaklar arasında kanat sallama selamlarına inanmıyor. Bu artık ölmekte olan bir âdet galiba. Kanat sallayarak, "Merhaba," demek. "Korkma, seni görüyorum," demek. Ama ben bu âdete bir yaşama şansı tanıyorum yine de. Dostça bir hareket bence. Belki yeniden yerleştirebilirim bu uygulamaları. Herkesin herkese kanat sallamasını oturtabilirim. Jet yolcu uçakları, bombardıman uçakları, hafif uçaklar, ticarî uçaklar. Hımm. Belki biraz abartıyorum. Belki en iyisi, âdeti birkaç kişinin sürdürmesi.

Tuscon'un kuzeyinde bir dağ. Yine iniş yapma zamanı. Eski bir askerî alana. Marana Hava Parkı diyorlar oraya şimdi. Bir el bombasına çiçek ekmek gibi bir şey. Toprak kaskatıdır burada. Rüzgâra açıktır. Artık biplan'a alışmış olmam gerekir ama aramızda acelenin diktiği o kocaman duvar var. Olaysız iniş yapıyoruz, duruyoruz. Ama bir an oluyor, uçak eğer sola ya da sağa dönerse onu kontrol edemeyeceğimi biliyorum. Sanki yağlı cam üzerinde kayıyormuşuz gibi. Yok olan bir şey var. Benim telaşım, Califrnia'yı ders öğrenmekten önemli saymam ... her nasılsa aramızdaki güveni sarstı. Biplan o fırtınadan beri bana ne bir ders öğretmeye kalktı, ne de böyle bir şeyi ima etti. Soğuk davranıyor. Cansız gibi. Yalnızca bir makine oldu. Tanıdık yakıtın tanıdık depoya akışını seyrederken, keşke yavaşlayabilsem, rahat hareket edebilsem, diyorum. Ama eve ne kadar yaklaşırsam, kendimi de, pırpırı da o kadar zorluyorum. Çaresizim. Bir telaş fırtınasına kapılmış gidiyorum. Yarın eve varmaktan başka hiçbir şeyin önemi yok.

13

Yine manyeto. Kalkıştan yalnızca on dakika sonra. Sol manyeto ters ateşliyor. Belli ki iş başındaki Automatic Rough değil. Tâ aşağılarda Casa Grande ve rüzgâra açık bir havaalanı. Tek sorun, ne zaman silindirleri sol manyetonun tek başına ateşlemesini istesem, ters ateşlemesi ve geri tepkesi. Sağ manyeto iyi çalışıyor. Arada sırada bir tek vuruş atlıyor, o kadar. Yine karar zamanı. Üstelik daha zor bir karar. Ya sınırlı onarım olanakları olan bir alana şimdi in, sorunu bul, ya da yalnızca sağ manyetoyu kullanarak devam et. Hangisi?

Uçaktan cevap yok. Sanki yan gelmiş, beni ilgisiz bakışlarla seyrediyor, vereceğim kararın kendisini güvenliğe mi, mahva mı götüreceğine aldırmıyor. Keşke eve varmak için acelem olmasaydı. Durmak tedbirli bir hareket olurdu. Tedbirle son günlerde pek iyi geçinemiyorum ama yine de arasıra onun liderliğini kabul etmek gerek.

Bu arada Casa Grande de yavaşça geriye kayıyor. Pek fazla

param yok! Motora gereken parçalar benim ineceğim küçük hangarda varsa bile, yine de biraz paraya patlayacak. Devam etsem, bu sefer de sağlam manyetonun hep sağlam kalacağı, çöl üzerinden beni üç yüz mil götüreceği konusunda kumar oynuyorum demek. Bu kumarı kaybettiğim anda, otoyola inip insanlardan yardım istemek zorunda kalırım. Bu o kadar kötü bir şey sayılmaz. Pek büyük bir ceza değil. Uçak motorlarına neden iki manyeto takıyorlar ki? Madem ki bir gün boyu tek manyetoyla çalışabiliyor, demek ömür boyu da tek manyetoyla çalışabilir. Kararım karar. Devam ediyoruz.

Ben kararımı verdiğim anda batıdan rüzgâr geliverdi. Sabır zamanı yine. Yükseklerde, rüzgâr altında öylesine yavaşladım ki, aşağıda tek başına, peşinden karavanını çekerek giden otomobil bile bana ayak uydurabiliyor. Kusurlu bir kontak sistemiyle yola devam etme kararım beni yüksekten uçmak zorunda bırakıyor, rüzgârdan kurtulmak için aşağılara inemiyorum. Şu ara tek avantajım yüksekliğim. Saatte birkaç mil için onu feda edemem. Neyse, batıya doğru gidiyoruz işte. Kaygılanmıyorum. Motor arızası, Casa Grande ile Yuma arasında insana akademik bir konu gibi geliyor, çünkü buraları iyi tanıdığım yerler. Günlerce, aylarca kaldığım yerler. Sağımdaki şu Santan dağlarının hemen ardında Williams Hava Üssü var. Hava Kuvvetleri pilotu olarak kanatları takma hakkını elde eder etmez buraya gönderilmiştim. F-86F numaralı, *Sabrejet* şifre adlı harika bir uçağım vardı. Oradaki pistlerden havalandık. İlk defa olarak tek kişilik uçağa biniyor, ilk defa yalnız uçuyorduk. Ürkektik. Uçak da öyle bir uçaktı ki, kalkış öncesi kontrol listesini oracıkta, betonun üzerinde yapıp bitiriyor, sonra durup bekliyor, kafalarımızı sallıyor, mırıldanıyor, bir şey unuttuğumuzdan emin oluyorduk. Yani tek yapacağımız şu küçük kolu öne itmek, frenleri bırakmak ve *uçmak* mı? Evet, demek istedikleri oydu. İşte bu tür hazırlıklardan sonra havalanıp bu çölün üzerine geliyorduk.

Solumdaki birkaç yüz mil karelik alan haritamda "Yasak Bölge" olarak işaretlenmiş. Biplan'lar için yani. Ama beri yandan da Yasak demek, bizim kendimizin demektir. Biz oralarda uçar, işaretlenmiş hedefleri, mavi çizgiyle belirlenmiş bomba bölgelerini bulurduk. Ama bizim en sevdiğimiz, Uygulamalı Taktik Bölgesi denilen yerdi. Uygulamalı Taktikler öğrenciye, yakın hava desteğinin aslında ne demek olduğunu öğreten şeydi. Orada, çölün üstünde, konvoylar halinde eski, çürümekte olan otomobil ve kamyonlar, tanklar dururdu. Yuka bitkilerinin arasında öylece durur, beklerlrdi. Arada sırada bunları hedef olarak kullanıp savaş taktikleri uygulamamıza izin verilirdi. "Bir konvoyu asla boylamasına tarama," "Aynı yönden asla iki kere saldırma," "Atışlarını yoğunlaştır," gibi temel ilkeleri hep orada öğrendik.

Belki hâlâ oradadır onlar. Sesimi iyice azaltabilsem, belki uygulama roketlerinin kuma çarpış sesini duyabilirim, elli kalibrelik makinelilerin patlayan mısır gibi atışlarını işitebilirim. Burası mutlu bir diyar. Eski, güzel günlerden kalma. Ancak serüven paylaşıldığında, kişi canını başkasına emanet ettiğinde oluşan o özel tür arkadaşlıklarla dolu.

Zamanın bu virajında neredeler onlar ? O pilotlar artık her gün çevremde değil. Güneş doğmadan önce ilk uçuş için birlikte brifing almıyoruz. Benimle bu topraklar üzerinde uçmuş olanların bazıları hâlâ uçuyor, bazıları da artık uçmuyor. Kimi aynı kaldı, kimi değişti. Biri şimdi dev bir şirketin satın alma görevlisi, biri bir antrepo müdürü, biri havayolu pilotu, biri de Hava Kuvvetlerinde. Meslek seçti orayı. İçlerindeki dostumu ufak tefek şeyler zorladı, bir köşeye kıstırdı. Sakın ona kiradan, vergiden, ev halkının nasıl olduğundan söz etmeyin. Onların içindeki dostum eylem dostudur. Kötü havada sarsıntısız uçmak gibi, yakıtı, oksijeni kontrol etmek gibi, hedefi diğer arkadaşlardan fazla bombalamak gibi önemli konuların dostu.

Bunu farketmek garip. İşte aynı adam ... Bir zamanlar telsizde, "Şuna bak," dediği zaman dönüp baktığım, hemen sağımda bir dağ doruğunun ilkbahar manzarasını seyrettiğim ... Aşağıları kahverengi ve kurak, tepede keskin bir hatla ayrılan karlar ... salt bir sessizlik ... ve ıssızlık. Issız bir dağ doruğundaki sessiz rüzgâr, okyanus püskürmesinden oluşmuş gibi karlar. O "Şuna bak!" sözünde bir dost çıkıyor ortaya. Önemsiz hiçbir yanı yoktur o iki kelimenin. "Can düşmanımız olan dağa dikkat et," demekti. Dağ bazen çok zalim olabilir, bazen de çok yakışıklıdır. Dağlara saygı duymak gerek.

Kaygılanacak dağlar olmadı mı, dost hemen ufalır, uzaklaşır. Hayatında yalnızca satın alma talimatıyla masa işleri önemli olmaya başladı mı, artık o dosta uzanmak kolay değildir. Ulaşılır yine tabii. Büyük bir güç kullanarak, acılara katlanarak. Bir iki saniye için onun içindeki dostu da görmek mümkündür. Hey! Bo! Hani bir gün ben pilot kabinimde telsizimi çeviriyordum da, sen kanadımda uçarken telsizini açıp bana, 'Şu tepeyi delmek mi niyetin, Şampiyon?' demiştin, hatırlıyor musun?

İçinde bir kıpırtı ve bir dosttan cevap.

"Hatırlıyorum, kaygılanma, hatırlıyorum. O günler parlak günlerdi. Ama onları asla bir daha yaşayamayız, öyle değil mi? Niye hatırlayıp da kendimize acı verelim?"

Bir soğuk şok ... anlıyorum ki masa yaklaşımı dostumun düşüncelerinin büyük kısmına egemen olmuş, parlak günleri artık sinsi bir acı haline gelmiş. Artık kükreyerek, gülerek coşmak, birlikte saldırırken birlik olmak yok. Sis yüzünden günlerce yere çakılmanın paylaşılan o çaresizliği yok. Satın alma görevlisine hiç kaygı verecek bir şey olmaz. coşku verecek bir şey de olmaz.

Yasak bölge arkada kalıyor, onunla birlikte, bir zamanlar benim kendi toplarımdan çıkan, şimdi kuma yarı gömülmüş duran tek tük kurşun, bakır kütleler de görünmez oluyor. İlerde bir dağ daha. Adı Yuma. Artık yuvaya yaklaşmış sayılırız, pırpır. Hemen hemen. Ama kendi eyaletimizin bile ne kadar büyük olduğuna şaşmak gerekir. Bilinmeyen bir nedenle, kafamdan istatistiksel bir bilgi geçiyor. Uçak kazalarının büyük çoğunluğu, uçağın dönüş üssüne yirmi beş mil uzaklık içinde yer alır. Nice anlamsız şeyden biri işte. Ama öyle kurnazca kelimelendirilmiş ki ... insanın aklına geliyor.

Bu duygudan kurtulmak kolay. Benim evime yirmi beş milden fazla yol var. Evet, gerçi evime birkaç şafak öncekinden çok daha yakınım ama ... hâlâ şu ufkun ötesinde, o gerçek.

Aşağıda Colorado nehri, çevremde California havası olunca, öteki manyetoyu bir daha deneyecek cesareti buluyorum. Bu sefer, ben iki saat sırf sağ manyetoyla uçtuktan sonra, soldaki de kusursuz çalışıyor. Son sefer Casa Grande'de denediğimde geri tepmiş, egzostan kara dumanlar çıkarmıştı. Oysa şimdi kedi yavrusu kadar uysal. Amma da acayip bir motor bu motor.

Pırpır, hemen hemen evimizdeyiz. Duyuyor musun? Birazcık daha çöl, benzin için bir iniş daha, ondan sonra yine sıcacık bir hangara giriyorsun. Karşıda Salton Denizi pırıl pırıl, güneyinde yemyeşil, kare kare alanlar. Artık ne olursa olsun, California'ya vardık diyebilecek durumdayız.

Ama buranın yalnızca adı California. Burada kendimi evde hissetmem neye benziyor? Takvimi gördüm diye günü Cumartesi gibi hissetmeme benziyor. Bu çöl, bu güneşte pişmiş diyar hiç de o upuzun plajlar, altın tepeler gibi ya da Sierra Nevada kitlesi gibi *California!* diye haykırmıyor. İnsan o dağları da aşmadıkça gerçek anlamda California'ya gelmiş sayılmaz.

Pırpırın kanatları birdenbire matlaşıyor. Sanki bir düğme çevrilmiş. Ortalığa akşam iniyor, şaşırıyorum. Bu düğme Sierra Nevada dağları. Çöle saplanmış dev bir kara hançer gibi. Palm Springs yolunda tedbirli arabaların farları yanmaya başlıyor. Gece olmadan varma telaşındalar. Biz de Palm Springs'de geceleyeceğiz. San Jacinto Dağının eteğindeki şu gri görünen yerde. İşte havaalanının bir yeşil, bir beyaz yanan ışığı. Ve işte haritamda 10,804 fit olarak işaretlenmiş doruktan fışkıran bulutlar ... herbiri dağın kendisi kadar kara.

Palm Springs, pırpır! Sinema artistlerinin, devlet adamlarının, iş dünyası ilahlarının yeri. Daha da iyisi, Palm Springs bizim eve bir günlük yol. O evde hangar var sana. Pazar öğleden sonra uçuşları var. Hoşuna gitti mi, pırpır?

Parks'dan cevap yok. İnmek üzere döndüğümüzde, en ufacık bir cevap îmâsı bile yok.

14

Palm Springs havaalanı pek elit bir yerdir. Orada park etmiş uçaklar dünyanın en seçkin ve en pahalı uçaklarıdır. Ama bu sabah büyük bir terslik var. Pırıl pırıl cilalı, çift motorlu uçaklardan oluşan sıranın en sonunda, hemen hemen oradaki çalıların dibine park etmiş gibi duran acayip, yağ içinde, eski bir biplan göze çarpıyor. Güneş doğarken uçağın kanadının altında betona serilmiş bir de uyku tulumu görülüyor.

Yağmur yağıyor. Palm Springs'e yılda bir kere yağmur yağar. En kötü ihtimalle iki kere. Benim gelişini yağmur gününe hangi raslantı denk düşürdü? Alanın betonuna serili başka uyku tulumu olmadığına göre, bu sorunun cevabını kendi kendime düşünmek zorundayım.

Yağmur önce parçalı bulutlardan geliyordu. Islak yerle kanat altında kalan kuru yer arasında bir sınır çizgisi vardı. Ama yağmur devam ediyor, önce kanadın üzerinde davul çalıyor, sonra yavaş yavaş brandadan geçip koca damlalar halinde aşağıdaki kanadın brandasına düşüyor. Güzel bir ses. Ben de kaygısız yatıp dinlemeyi sürdürüyorum. San Jacinto dağı kaşlarını çatarak bakıyor bana. Bulutlar tepesine duşlar akıtmakta. Seni bugün aşacağım, San Jacinto. Ondan sonra eve kadar hep yokuş aşağı. Buradan en çok iki saatlik uçuş. Yatakta uyumak nasılmış, yeni baştan keşfedeceğim yakında.

Yağmur devam ediyor, ıslaklık biraz daha derinlik kazanıyor. Kafam betonda, yere yapışık olan gözümü açıp baktığım zaman, bir su duvarının yavaş yavaş yaklaşmakta olduğunu görüyorum. Yüksekliğinin üç milimetreden fazla olduğu kesin. Müthiş bir yağmur bu. Kanadımdaki tıpırtıların neredeyse kesilmesi gerekir.

Kesilmiyor. Su duvarı yavaşça kuru alanıma sokuluyor. Susamış beton hemen içiyor suları ... ama yetmiyor. Yerine yeni damlalar yetişiyor. Boyum bir milimetreden kısa olsaydı, bu benim için çok büyük bir felâket olurdu. Bu su duvarı minicik dal kırıklarını da sürüklüyor. Dalgaları köpürüyor, kükremesi santimetrelerce çevreye yayılıyor. Korkunç, tüyler ürpertici bir görünüm. Sular yolları üzerindeki her şeyi silip süpürerek geliyor. Benim kalkıp bağıra bağıra kaçmayışım yalnızca bir perspektif meselesinden ötürü. Kendimi öyle büyük bir hale getirebiliyorum ki, su solda sıfır kalıyor. Tehlike oluşturmuyor. Bakarken düşünüyorum. Bütün korkunç şeylerde de durum böyle olabilir mi? Kendimizi o şeyin çok yukarısına alıp dehşetten kurtulabilir miyiz? Merak ediyorum ... bir saniyenin minicik bir parçası içinde yemin ederim ki belli belirsiz, yorgun bir gülümseme hisseder gibi oluyorum. Belki dostum yine uyanık ... belki kısa bir süre için yine ders vermeye koyuldu.

"İlerleyen Su" dersinin ikinci aşaması şöyle : perspektif ne olursa olsun, sorunu görmezden gelmek mümkün değil. Şu an

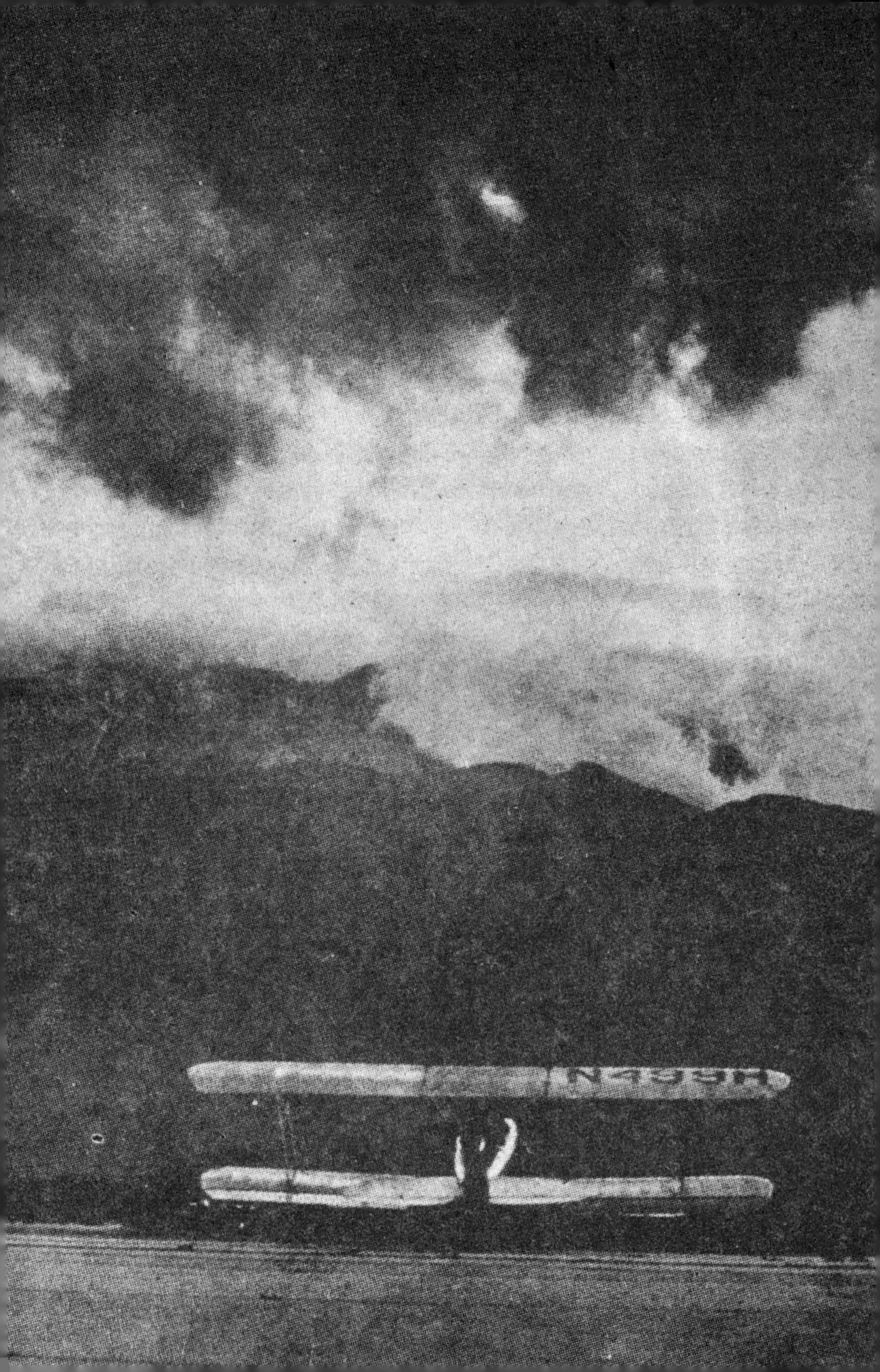
N499H

için yalnızca film tabakası gibi bir nem olabilir, çölleri basan sellere benzemeyebilir ama yine de durum kötü. Sorunu hemen çözmezsem rahatsız olacağım ortada. Yağmur devam ettikçe kuru alanım giderek daralıyor. Ya suyun ilerlemesini önleyecek bir yol bulmalıyım, ya ıslak uyku tulumlarının o kadar da kötü olmadığına karar vermeliyim, ya da ... kaçmak zorunda kalacağım.

Traş olmamış durumda, üstüm yağla kaplı, saçım başım bir yanda, kalkıp uyku tulumumu topluyorum, genel havacılık terminalinin lüks ofisindeki bekleme salonuna sığınmak üzere koşuyorum. Eski pilotlar da ıslanır mıydı? Yağmur altında koşarken bunu düşünüyorum. Hayır. Usta eski pilotlar pilot kabinine tırmanır, su geçirmez örtüyü başına çeker, bir saniye sonra yine uyumuş olurdu. Eh, ne yapalım ... öğrenmek zaman alıyor.

Boş odanın bir duvarında telefon var. Meteoroloji bürosuna direkt hat. Elimde yeniden telefon kulaklığı tutmak garip bir duygu. İçinden bir ses geliyor. Genel yardım teklif eden bir ses.

"Palm Springs'deyim. Long Beach-Los Angeles'e uçmak istiyorum. Geçit nasıl görünüyor?" Geçit demem doğal. Güney California'da uçan her pilot mutlaka San Jacinto dağıyla San Gorgono dağının arasından geçer. Rüzgârlı günlerde o geçit sarsıntılıdır. Ama yeni pilotlar öyle çok şey söylüyor ki, artık tecrübeli pilotlar bile oranın özellikle tehlikeli bir yer olduğuna inanmaya başladı.

"Geçit kapalı."

Hava kötüyken meteoroloji görevlileri neden bu kadar kasıntılaşır? Sonunda pilotların ağzının payını verdiklerini mi düşünüyorlar? Aras`ira bu küstahlara hadlerini bildirmek gerek, mi diyorlar? "Banning'de iki yüz fitte bulut var. Yağmur altında görüş uzaklığı bir mil. Bütün gün de açmayacak gibi görünüyor."

Daha neler! Bu havanın bütün gün böyle kapalı kalma ihtimali, Palm Springs'i yarım saate kadar sel basması ihtimali kadar zayıf.

"Borego, Julian ya da San Diego geçitleri nasıl?"

"Geçitlerden direkt haber gelmiş değil. San Diego'da üç bin fit bulut ve hafif yağış."

Bir deneyip görmek zorundayım demektir.

"Peki, Los Angeles'de hava?"

"Los Angeles ... bir dakika ... Los Angeles bin beş yüz fit parçalı bulutlu, hafif yağışlı. Tahminler bütün gün aynı kalacağını söylüyor. Ha, bir pilot raporuna göre geçit kapalı ve ciddi türbülans var."

"Teşekkürler."

Ben kapatmadan zor yetişiyor, uçağımın numarasını istiyor. Hep deftere işleme meselesi. Besbelli mantıksal nedenleri de var.

Şu dağların öbür yanına bir geçsem, başka sorun kalmayacak. Hava gerçi çok açık değil ama insanın yolunu bulmasına yetecek kadar iyi. Banning tam geçıdin orta yerinde. Rapora göre hava orada berbat. Ama o rapor birkaç saat önce gelmiş olabilir. Sabahın bu saatinde daha başka bir şey bekleyemem zaten. Ben sıra dağların en dibinden dönmeyi denemeden önce Banning'i bir yoklamalıyım. Yüz millik yol boyunca her geçide bir kere burnumu sokmalıyım. Birinden biri açık olmak zorunda.

Yirmi dakika sonra pırpırla ikimiz San Jacinto'nun köşesini dönüp geçide doğru yollanıyoruz. Doğrusu pek de iyi gözükmüyor. Sanki birisi Güney California'yı kendine geçici bir yatak odası haline getirmiş de, orayla çölün arasına gri bir battaniye asmış gibi. Kimse görmesin diye. Banning'e varmayı başarırsam, orada havanın yükselmesini beklerim.

Aşağıda otoyol trafiği hiç aldırmadan yoluna devam ediyor. Yol kaygan ve pırıl pırıl. Pırpırın ön camına birkaç damla yağmur düşüyor. Birkaç damla daha. Motor yağmurda durursa ineceğim yeri seçmiş durumdayım. Ama motor teklemiyor. Galiba pırpırın da acelesi var. Yağmur bardaklardan boşalmaya başlıyor, ben de bu arada insanın açık kabin içinde yağmurda uçarken ıslanmadığını keşfediyorum. Bir önceki fırtınada dikkat etmemişim. Yağmur aslında yukardan düşmüyor, bana karşıdan çarpıyor, ön cam da onu sektirip tepemden aşırtıyor. İlle ıslanmak istiyorsam, kafamı yan camlardan birinin dışına uzatmam gerek.

Komik. Hiç kendimi ıslanıyor gibi hissetmiyorum. Yağmur sanki pirinç taneleri gibi. Güzel ve kuru. Saatte yüz mil hızla suratıma fırlatılıyor. Kafamı tekrar içeri çekip miğferimi eldivensiz elimle yokladığımda, ıslak olduğunu ancak farkediyorum. Yağmur gözlükleri de pırıl pırıl temizliyor.

Birkaç dakikalık yağmurdan sonra ilk türbülans çarpıyor. Genellikle türbülansı, dev bir yumruk uçağın üzerine iniyor, biçiminde tarif ederler. Ben şu ana kadar küçük uçaklarda onu hiç öyle hissetmemiştim. İnen yumruk tam biplan'ın boyunda ve upuzun bir kolun ucuna takılı. Uçağa öyle sert vuruyor ki güvenlik kemerine doğru savruluyorum, elim kaymasın diye kontrol çubuğuna sıkı sıkı sarılıyorum. Ne garip hava bu böyle! İnsanın kayalık yerlerde bekleyebileceği o tokatlayan, kıvrılan, azgın hava değil de ... düzgün...düzgün giderken birden BAM! Yağmur daha hızlanıyor, gözyaşlarıyla toprağı da gama boğuyor. İlerde gökyüzü somut bir su kitlesi. Geçemeyiz.

Dönüyoruz. Aslında cesaretimiz kırılmış değil. Zaten sabah sabah geçebilmeyi beklemiyorduk.

Ne zaman âletsiz uçan bir uçağın içinde kötü havadan kaçmak için geri dönsem, kendimden büyük gurur duyarım. Yapılacak en doğru hareket budur, derim. İstatistiklerin dediğine göre hafif uçaklardaki kazaların bir numaralı nedeni, pilotun havayı azımsaması, âletleri olmadığı halde içinden geçmeye çalışması. Ben de bazen zorlarım havayı ... ama arkamda kaçış yolu açıksa. Biplan'ın âletleri yüksekliği yaklaşık verebiliyor, yönü hayal meyal gösteriyor, pusulası titrek. Bu durumda öyle olur olmaz havaların içinden geçmeye hazırlıklı sayılmaz. Eğer mutlaka gerekliyse ona kapalı havada iniş yaptırabilirim. Uçarken ellerimi kontrol çubuğundan çekip belki pusulanın W'sini yalnız pedalla tutarak. Ama o da son debelenme sayılır. Aşağıdaki alan düzse, tavanın da en az bin fit olduğundan eminsem yapılabilir.

Bazıları kapalı havada dikleme inilir der, ben de onlara katılırım. İyi bir yol. Ama duyduğuma göre bazı eski uçaklarda o iniş birkaç devirden sonra yerleşebiliyor. Öyle bir durumdan tek kurtuluş yolu paraşüt olur. Bu belki yalnızca söylentidir ... belki doğru değildir. Ama içerdiği tehlike de ... benim bilmeyişim. Öyle bir durum insanı başka güvenlik tedbirlerine başvuramayacak kadar ürkütebilir. Kötü havadan uzak durmak çok daha kolay.

İlk tur San Jacinto'nun çevresinden. O garip vuruşlara dayanarak uçuyoruz. Kendimizi haklı bula bula. Geçitten çıkıyoruz. Genç pilotlara ne de güzel örnek oluyoruz! Karşınızda nice kere âletli uçuş yapmış bir pilot. Saatlerce kalın bulutlara dalmış çıkmış. Ama yeri saklayan bir damla sisi görünce geri dönüyor. Harika bir örnek! Ne kadar da tedbirliyim! Daha uzun yıllar yaşayacağım ben. Ne yazık ki bunları gören, seyreden kimse yok.

Dağların doğu ucundan güneye kıvrılıyoruz. Yerde sulama kanallarının kumlar arasında yarattığı yeşil karelerin üzerinden. Ve yükseliyoruz. Yükselebilmek çok zaman alıyor. Sıcak hava akımlarından, onların kaldırma gücünden mümkün olduğunca yararlanarak ancak en aşağıdaki doruklara kadar varabiliyorum. Sekiz bin fitten biraz fazla. Buraları yine donuyor. Ama burada soğuğa dayanamayacak hale geldiğimde, biraz inip ısınma şansım var.

Borego Geçidini hiç denemek gerekmez. Dağlar arasından çapraz geçen daracık bir boğaz orası. Daha girişinde o gri battaniye yine asılı.

Biraz daha güneye. Üçüncüsü uğurludur. Yine engebeli, yüksek arazi. Ama bulut o kadar kötü değil. Julian'a varınca dağdaki dar boşluğa doğru dönüyorum, kıvrılan yolu izliyorum.

Burada tam kafa rüzgârı var çünkü ben batıya uçuyorum. Aşağıda, yolun yanlarındaki otları yamyassı yatırıyor rüzgâr. Otoyolun orta çizgisi miskin miskin kanadımın altından geçiyor. Bu yükseklikte saatte elli mille esiyor olmalı. Bir dehşet duygusu var bu işte. Burada istenmiyormuşum gibi ters bir duygu. Sanki geçitte bir canavar varmış da, sıcak motoru ve parçalanmış kanatları yiyebilmek için beni oraya çekiyormuş gibi. Uçuyoruz, uçuyoruz, rüzgâra karşı ilerliyoruz ve sonunda geçit bizim oluyor. Geçtik işte. Yüksek vadilerin, sakin yeşil çiftliklerin, dağ çayırlarının diyarına geçtik. Ama şu aşağıya bakın! Bütün otlar, hatta kısacık otlar bile rüzgârın altında yamyassı yatıyor, sanki ütüleniyor. Rüzgâr şimdi *yüzeyde* bile saatte elli mil olmalı!

Ağır işçilik bu. Zevkli yanı da yok. Rüzgâr kuyruktan gelse eğlenceli olurdu. Karşıda bulutlar, bana bakıp hain hain gülümsüyorlar. Vadiden çıkmak için tek çare otoyolu izlemek. Bulut da sise dönüşüp o yolun üzerine çöküyor. Hiç kalkmayacakmış gibi. Buraya varabilmek için ne çok uğraştık! Belki iniş yapabiliriz. Buraya inersek herhalde öğleden sonra bulutların batıya kaymasını bekleyebiliriz. Çayırlar inişe çok uygun gibi. Havada hafif yağmur var, ama bol bol da güneş var. Birdenbire bunların ikisi birleşiyor, sağ kanadı tam gökkuşağı renklerine boyuyor. Pırıl pırıl. Hemen hemen somut renkler. Aslında gökkuşağı çok güzel bir görünüm sayılır, hayranlık yaratır. Ama ben hâlâ rüzgâra karşı santim santim ilerleme mücadelesi vermek zorundayım. Göz ucuyla, enstantane resim çeker gibi arasıra bakabiliyorum, ilerde, mücadele bitince bu güzelliği bütün parlaklığıyla hatırlayabileceğimi umuyorum.

İnmem gerek. Sağladığım avansı korumam gerek. Kararı verince pırpır gökkuşağını bırakıp alçalıyor, ıslak yeşil çayıra doğru iniyor. İlerde güzel bir iniş yeri var. Yakından bakmaya değer. Otlar göründüğünden yüksekmiş. Ve de ıslak. Herhalde altlarında bir hayli çamur vardır. Benim lastikler sert, dar, yüksek basınçlı lastik. Tam aksına kadar gömülebilecek türden. Şuraya bak ... bir inek. İneklerin eski uçakların bezini çıtır çıtır yediğini duymuştum. Tutkalında onların sevdiği bir şey varmış.

Bu çayır bu kadar.

Yakında bir çiftlik evi, bakılacak bir alan daha. Ağaçlar hariç, yumuşak ve düzgün gibi. Ağaçların tepesinden yaklaşabilirim herhalde. Ama ya rüzgâr kesilirse ne olacak? Bir daha ölsem kalkamam. Unutma, bu vadi dört bin fit yüksekte. Hava çok incedir buralarda. Yeniden havalanmayı ancak bu kasırga gibi rüzgârda başarırım ben. Sıcak bir günde, rüzgâr da yoksa, kalkabilmem için dört kat daha uzun pist gerekir. İki alan, iki veto. Bir şans daha var tabii. Belki San Diego geçidi açıktır. Aşağıda, Meksika sınırındaki.

İnmeyi unutup kafa rüzgârını kuyruk rüzgârı haline getiriyoruz, Julian'ın yüksek vadilerinden ayrılıp savrulan tahıl gibi gerisingeri uçuyoruz.

Oyuncak planör gibi itilip kakılmak insanın sinirlerini aşındırıyor. Son bir şansımız kaldı. San Diego. Yine güneye, kilometrelerce çöl uçuşu. Kafamdaki tek düşünce, buraya iniş yapmanın ne kadar yalnızlık duygusu vereceği ve bu ülkede hiç kullanmadığımız ne kadar çok toprağımız olduğu. Şu çöle ne kadar çok ev sığabileceğini düşün. Tek yapacağımız, birilerini gelip burada yaşamaya razı etmek.

Son bir otoyol. Bu da San Diego'ya gidiyor. Otomobilmişim gibi bu yolu izlesem yeter. Sonunda San Diego'ya varırım. Oradan plaj boyunca eve uçmak da kolay iş. Otomoblim ben. Otomobilim ben.

Kıvrılıp yolu izliyoruz. Rüzgâr hayat dolu ve bizim pırpırı da hiç sevmiyor. Durmadan bize vuruyor, dürtüyor, stilini ve ritmini kaybetmek istemiyormuş gibi tempo tutuyor. Çubuğa sımsıkı sarılıyorum. Herhalde ilerliyor olmalıyız ama solumuzdaki tepe pek de çabuk hareket etmiyor. İki dakikadır orada. Yola bakıyorum.

Ah, ulu Tanrım! Geri geri gidiyoruz! Baş döndüren bir duygu. Buna bir uçağın pilot kabininden ilk defa tanık oluyorum. Kendimi toparlayıp çubuğa daha da sıkı sarılmam gerek. Uçak dediğin uçabilmek için havanın içinde hareket etmek zorundadır. Bu da hemen hemen her zaman, yere göre de ilerlediği anlamına gelir. Ama şu anda yoldaki beyaz çizgiler beni geçiyor. Odessa'da hissettiğim duyguya yeniden kapılıyorum. Bir merdivenin ya da yüksek binanın tepesinden aşağıya bakar gibi. Birkaç saniye sonra korkunç bir düşüş olacakmış gibi. Hava hızımızın göstergesi saatte 80 milde duruyor. Kafa rüzgârı en azından 85 mil olmalı. Pırpır kesinlikle batıya doğru gidemiyor. Hiçbir hareketimle onu Büyük Okyanusa doğru ilerletemiyorum.

Gülünç olmaya başladı bu iş. Sağa sert bir dönüş yapıp rüzgârdan uzağa dalıyoruz. Tek avuntum, ben dönerken otoyolun batıya kayabildiğini görmek. Kuyruk rüzgârıyla yer hızım saatte 180 mile varmış olmalı. Bunu bir sürdürebilsem, Kuzey Carolina'ya kadar biplan hız rekorunu kırardım. Ama rüzgârın sürmeyeceğini bilecek kadar aklım var. Tam ben Güney Carolina sınırını aşıp Kuzey Carolina'ya girerken rüzgârın değişip 80 millik kafa rüzgârı olacağını da biliyorum. Finiş çizgisine yüz metre kala havada asılı kalacağım, oraya bir türlü ulaşamayacağım. Uçaklarla türlü türlü olmayacak oyunlar oynamak için harika bir gün. Bugün istersem biplan'ı arka arka indiririm, sonra diklemesine kaldırırım. İstersem yanlamasına uçarım. Helikopterden daha çok manevra gücüm var. Ama oyun oynamayı canım istemiyor. Ben şu dağların öbür yanına varmak gibi basit bir işi gerçekleştirmek istiyorum. Belki göklerde bir ileri bir geri, yelkenliler gibi gide gele, sonunda San Diego'ya varırım. Yo. Yelken cok boyun eğici bir şey olur. Uçağın karakteriyle asla bağdaşmaz. İnsan bir yerde çizgiyi çekmek zorunda.

Tek uygun taktik, kazandığım her santim için dağlarla mücadele etmek. Dağlar bir an daha güçlü çıkarsa, geri dönüp dinlenmek, sonra yine mücadele etmek. Çünkü eğer savaş dağlara karşıysa ve onlar daha güçlüyse, sinsi yollar aramanın yararı yoktur.

Daha zayıf olan geçitlerin meydan okumaya kalkması, sırtlarını dağa dayamalarından. Demek istiyorlar ki, senin asıl hasmın San Jacinto'dur ve Banning geçidini de o yönetir.

Dağları aşma mücadelesinde bir depo dolusu benzin yaktım, hiçbir yere de ulaşamadım. Daha doğrusu, Borego Springs Havaalanına ulaştım. Çalılara bitişik tek bir sert pist ve bir yığın toz bulutu. Tepede turlarken rüzgâr tulumunun dimdik durduğunu gördüm. Pistin enine dönük. Bir an dönüp asfalt şeridin boyunu işaret etti, sonra tekrar enini ... Bu değişken rüzgârda bu piste inmek demek, pırpırı katletmek demek. Ama yine de inmem gerek. Tekrar Palm Springs'e dönecek benzinim yok. Borego Havaalanının yanındaki çöle inerim.

Kuru çölü bir incelemek, bunun da olamayacağını gösteriyor. Yüzey çok fazla sert. Tekerlekler dik bir kum tepeciğine takıldı mı, bir saniyede kendimizi sırtüstü yerde buluruz. Kırk kırık kanat kaburgasıyla, eğri bir pervaneyle, motorun haznesinin kumla ve çalılarla dolmasıyla kurtulursak mucize sayılır. Çöle inme işi de rafa kalkmak zorunda.

Havaalanının içinde kalan boşluklar toprak ve kum, arada bir de yüksek bir çalı var. Biplan'ı titreten rüzgâra doğru çevirip rüzgâr tulumunun üzerinden uçuruyorum, iç alanları inceliyorum. Bir zamanlar düzmüş buralar, belli. Herhalde buldozerler düzletmiş. Pistin yapılması sırasında. Çalılar bir metre, yer yer daha da yüksek. Tabii rüzgâr altında çok yavaş olmak kaydıyla çalılık yere de inebilirim, altta hendekler, borular olmaması için dua edebilirim. Varsa ... açık çölden bile beter duruma düşeriz. Birkaç tur daha atıp çalıları inceliyorum, altındaki toprağı görmeye çalışıyorum.

Benzin pompasının yanıbaşında bir adam durmuş, seyrediyor. Mavi tulum giymiş, ufak tefek biri. Ne büyük bir mesafe var aramızda! O mutlu ve güvende. İsterse o pompaya dayanıp uyuyabilir bile. Ama bin fit, yüz fit uzakta Parks'la benim başımız dertte. Gösterge deponun boş olduğunu işaret ediyor. Bu işe burnumuzu kendimiz soktuk, kendimiz kurtarmak zorundayız. Rüzgâr pistin yanından vurup duruyor. Çalılara inmek tek şansımız. Tutarsa, birkaç sıyrıkla atlatırız.

Birkaç yüz fitlik yüksekliğe son tırmanış, levye geriye, rüzgâra saldır, çalılara doğru alçal. Şu anda rüzgâr değişirse, şans da bize yetmez, daha fazlası gerekir.

Parks parlak paraşüt kuşanmış bir salyangoz gibi konuyor,

yere değdikten sonra çok yavaş ilerliyor. Çalılar altımızda yüksek ve kahverengi. Levyeyi itip yeniden göklerin güvenliğine yükselmemek için kendimi güç tutuyorum. Çalıların uçlarına değe değe giderken, aslında hiç de yavaş gitmediğimizi anlıyorum. Asıl çubuğa, levyeyi kavra ... bir saniye sonra kendimizi bele kadar gelen kupkuru ve gevrek dallardan oluşmuş bir denizin içinde buluyoruz. Bütün etrafımız çatır çatır ediyor. Çığrından çıkmış orman yangını gibi. Pervane ortalığa çılgın gibi dal kırıkları saçıyor, dallar havalara fırlıyor, kanadın üzerinden asıp pilot kabinine doluyor. Alt kanat yerdeki dalları orak gibi biçmekle meşgul. Parçalıyor, arkaya doğru fırlatıyor. Asfaltın kenarına pek yaklaştığımız bir sırada durabiliyoruz. Tozlu, titreten bir rüzgârın altında, pervane hâlâ taze biçilmiş kuru dalları fırlata fırlata.

Levye ileri ... piste çıkıyoruz, dönüp benzin pompasına giden yolu izlemeye başlıyoruz.

"Yaman bir iniş yaptınız bakıyorum." Adam hortumu uzatıyor, altmışlık yağı aramaya koyuluyor.

"Hep böyle inerim ben."

"Ne yapmaya çalıştığınızdan pek emin değildim. Çalılara böyle iniş yapan kimseyi görmedim daha. Uçağa biraz zararlı değil mi?"

"Bunlara göre yapılmış o."

"Gece kalırsınız herhalde. Bu rüzgârda ..."

"Hayır. Buralarda bir akide şekeri makinesi var mı? Ya da fıstık falan?"

"Var. Şeker makinemiz var. Kalmıyor musunuz yani?"

"Hayır."

"Ne yana yolunuz?"

"Los Angeles."

"Epey uzak, ha? Yüz mil! Yani böyle eski bir pırpır için?"

"Hakkın var. Yüz mil çoook uzun bir yol."
Ama canım sıkılmıyor. Makinenin fıstık düğmesine bastığımda, aynadaki yağlı suratı gülümser buluyorum.

15

On beş dakika sonra yine havadayız, vuruşlarla sarsıla sarsıla, rüzgârı yana almış, kuzeye doğru gidiyoruz. Güvenlik kemeri sımsıkı bağlı, gümüş burun da San Jacinto'nun bulutlu doruğuna dönük.
Pekâlâ, koca dağ. Tamam artık. Kendimi haklı çıkardığım yeter. Gerekirse Banning'e varmak için seninle bütün gün savaşırım. Bugün havanın açmasını beklemek yok. Depo yine boşalana kadar boğuşacağım seninle. Sonra yine doldurup geri geleceğim, be`s sşt daha boğuşacağım. Ama bak, şimdiden söylüyorum, o geçıtten bugün geçeceğim ben."
San Jacinto bu sözlerimden pek etkilenmişe benzemiyor. Geçide dalarken kendimi atının sırtında, tüylerini uçura uçura giden bir şövalyeye benzetiyorum. Dörtnala çok uzun bir yolculuk bu. Turnuva yerine vardığımda bir saatlik benzini harcamışız bile. Kalan benzinimiz Banning'e kadar yeter de artar bile. Deh, benim küçük atım. Önce mızrak, sonra gürz, en sonra da kılıç.

N499H

Önce dağın gürzü çarpıyor bize. Öyle hızlı çarpıyor ki, karbüratörden yakıt taşıyor, motor tam bir saniye boyunca duruyor, elim isteğim dışında kontrol çubuğundan ayrılıyor. Sonra ortalık yine sakinleşiyor.

San Jacinto çok azametli. Başında Olimpus dağı gibi sisler. Gürzü amma da kötü savuruyor! Mızrak da kırık olduğuna göre, artık kılıcın zamanı geldi.

İnanılmaz sertlikte bir hava yumruğu daha tepemize iniyor, motor ben ikiye kadar sayana kadar duruyor, kontrol çubuğuna iki elimle birden sarılıyorum. Bir kere daha sağnak yağmurun altına giriyoruz, damlalar tepemden mermi gibi geçiyor. Korkmuyoruz, koca dağ. Otoyol üzerinden teker çevirerek gitsek bile varacağız Banning'e.

Buna cevap olarak bir gürz darbesi daha. Sanki vuruşlar arasında gürzü tekrar başının üzerine kaldırabilmek için zamana ihtiyacı varmış gibi bir şey. Bu seferkinin gücü beni güvenlik kemerime doğru fırlatıyor, çizmelerim dümen pedallarından ayrılıyor, dünya bulanık gözüküyor ve başım arkaya bükülüyor. Ama Banning hâlâ görünürlerde yok. Pırpır, sen buna dayanabilecek misin? Bugün senden çok fazla şey istiyorum, üstelik çıtalarını, köşebentlerini de henüz incelemedim.

Sen dayanırsan ben de dayanırım, pilot.

Kelimeler beynime sanki gürzün itmesiyle giriyormuş gibi oldum. Uçağım geri döndü! Bu çok garip ve mucizevî bir an. Harikulâde bir an. Artık tek başıma savaşmıyorum, uçağımla birlikte savaşıyorum. Ve savaşın ortasında da ... bir ders. Pilot kendi savaşına inanabildiği, mücadelesini sürdürdüğü sürece, uçağı da onunla birlikte savaşır. Uçağın kendisini terkettiğine ya da yakında terkedeceğine inanırsa, felâketin kapısını açıyor demektir. Eğer uçağınıza güvenmiyorsanız asla pilot olamazsınız.

Bir gürz daha. Biplan'a indiğini kulağımla duyabiliyorum Rüzgâr sesine, motor ve yağmur sesine rağmen, inanılmaz bir gücün vuruşu : **GÜMM!**

Ama ilerde ... şu anda ilerde ! Yağmurun altında, aşağıda, pırıl pırıl bir iniş pisti. Ucunda beyaz harflerle bir yazı : BANNING. Haydi, gel, küçük dostum. Hemen hemen kazandık. Peşpeşe iki gürz daha. Yüksek sesli vuruşlar. Bizi hemen hemen tepetakla edecek. Bir sonraki vuruşta çıtaların kırılma sesini duyarsam hiç şaşmam. Ama uçağa güvenmem gerek. Kılıcımı çoktan kaybettim. Artık çıplak elle savaşıyoruz. Bir tek dakika daha ...

Ve Banning bizim oldu. Artık yere dönebilir, dinlenebiliriz.

Ama şu ilerdeki bulutlara bak hele! Yükseliyor bulutlar. Azar azar. Dağın yamacıyla bulut arasında boşluk görebiliyorum. O aralıktan uçup geçtim mi savaş biter ... eminim biteceğinden.

Banning geriye kayıp yağmurlar arasında kayboluyor.

Bu aşırı gözüpek bir hareket. Hava açılana kadar şu alanda bekleyebilirdik. Savaşını kazandın. O hatâdan istediğin kadar gururlan, ama üstüne bir yenisini ekleme. Eğer şu karşındaki aralık kapanırsa nereye gidersin ? Banning de arkada kayboldu. Uçak kazalarının yüzde doksanı, eve yirmi beş mil kala, diyorlar.

Sakin ol, telaşlanma. Şu aşağıdaki tarlalara inerim, bu rüzgârda pek de fazla sürüklenmem. Kes sesini artık.

Galeriden gelen ses bir süre kesiliyor. Bu sessizlik, sonradan "sana demedim miydi" demek için güç toplayan birinin sessizliği.

Artık gürz bize doğrudan çarpmıyor, motor da onun vuruşlarıyla duraklama yapmıyor. Bulutla yer arasındaki aralıktan bir mil uzaktayız. Eğer orası bir buçuk dakika daha kapanmazsa, geçeriz. Uzaklık otuz fit kaldığında gürz iniyor, biplan'ı sağ yamaca doğru fırlatıyor.

Kendimize geldiğimizde, tekerlekleri tepenin üzerine hemen hemen değdirerek aralıktan kayıyoruz, karanlık yağmurdan kurtuluyoruz. Bir anda, kaşla göz arasında. Bu savaşı kim yönetiyorsa harika düzenlemiş. O kadar ki, aralığı geçtiğimizde karşımızda açılan manzaraya ancak bir pilot inanır.

İlerde bulutlar parçalanmış, aralarından altın güneş ışınları dünyaya ulaşıyor. Eski bir ilâhînin bir dizesi geliyor aklıma: "...sisin, gölgenin içinden *Gerçeğin* berrak gününe."

Güne yine renk doluyor. Güneş ışığı. Şu ana kadar güneş ışığı ne demek, bilememişim. Havaya da, altındaki toprağa da hayat getiriyor, parlak şeyler getiriyor. Pırıl pırıl. Sıcak.. Toprağı zümrüte, gölleri temiz bir gökyüzünün maviliğine döndürüyor. Bulutları öyle beyaz yapıyor ki, gözlüğün ardında bile gözlerinizi kısmak zorunda kalıyorusunuz.

Şu aşağıdaki yeşil tarlalarda çalışan insanlar dikkatle dinleyebilseler, yüksekten esen ökaliptüs rüzgârının arasında ufacık, sarı-kırmızı biplan'ın sesini de duyabilirler. Minik bir ses şarkı söyler onlara. Artık acele etmek zorunda değilim.

Los Angeles'in ilk binaları ve binlerce banliyösü altımızdan kayıyor, alışkanlık nedeniyle yükseliyoruz. Şimdi inersek yalnızlık da çekmeyiz. Şu anda motor dursa, kentin golf alanına iniş yapabiliriz. Şurası Disneyland'ın otoparkı. Uçak inecek kadar büyük. O da var, sonra Los Angeles nehrinin yatağını betonladık, o da var.

Ama motorun durduğu falan yok. Sanki pırpır yeni evini ve hangarını görmeye heves ediyor, öyle arızalara sabrı kalmamış. Eski pilotlar Wright'la uçarsan yanılmazsın," derlermiş. İşte kanıtlandı.

O zararsız küçük şakalarını yaptıktan sonra Whirlwind motoru bize kahkahalarla güldü, şimdi de o sözün doğruluğunu ortaya koydu. Yanılmadık.

Son bir kere dönüp trafiğin sıkışık olduğu kesime giriyoruz. Altımızda son pist uzanıyor. Compton Havaalanı. Evimiz. İki bin yedi yüz mil yol geldik. Ülkenin bir başından bir başına. Ve şimdi de, gümüş haznemizden yağ sızarak, koca tekerlerimizden tozlar savrularak şimdiki zamana geçiyoruz, yolculuğumuz sona eriyor. Pistlerde mi parçalanmadık, havada mı donmadık, uçan kumların tokadını mı yemedik, yağmurda mı ıslanmadık, dağ rüzgârları mı dövmedi bizi, gevrek çalılara mı gömülmedik! Hep yılların içinde ileri geri gidip durduk. Zaman içinde yolculuk yapan parlak kanatlı bir kuş olduk, ve sonunda yuvamıza vardık. Bu varış, yolculuğun zahmetlerine değdi mi? İyibir soru. Doğrusu biplan'la ülkeyi aşma modasının bir anda yayılacağını pek sanmıyorum.

Hangara yavaşça giriyoruz, dev kapıyı modern zamanın modern seslerine karşı kapatıyoruz.

Millerin, kumların, yağmurun ve yılların içinden geçerken kendimiz hakkında pek az şey öğrendik. Bir adam ve bir biplan hakkında, onların birbiri için neler ifade edebileceği hakkında öğrenilebilecek şeylerin ancak bir nebzesini kapabildik. Ve sonunda, karanlık bir hangarın ânî sessizliği içinde, yolculuğumuza aradığımız cevabı bulduk. Tek kelime.

Değerdi.

BİTTİ